浙商 新常态

The New Normal of Zheshang

国家级余杭经济技术开发区发展纪实

主　编　张国云

副主编　冯颖平　郑宁海

ZHEJIANG UNIVERSITY PRESS

浙江大学出版社

目 录

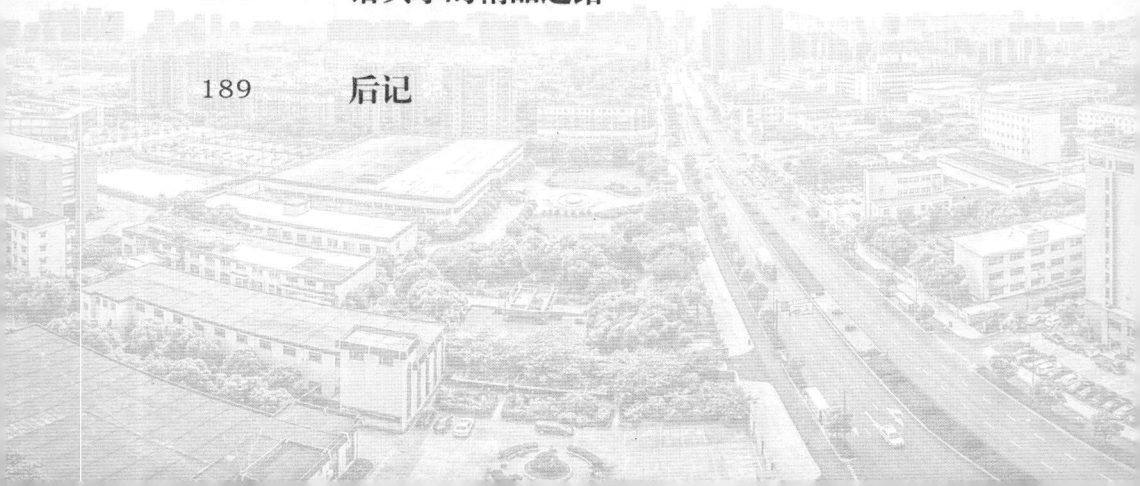

CONTENTS

一幅诗意的生态画卷；

一座历史文明与现代文明交相辉映的魅力城市；

一个现代产业与现代城市、现代乡村，相互融合，相得益彰的产业新城。

承载辉煌与梦想

Carrying the Glory and Dream

——余杭经济技术开发区发展纪实

张国云

流淌的运河，清澈的水库，满城的樟树，绿色的山林，美丽的乡野，古老的文明，淳朴的乡音……

走进国家级杭州余杭经济技术开发区，我这才知道现代产业与现代城市、现代乡村，可以这样相互融合，相得益彰，共同前行。

在当今中国开发区建设中，对于这样一种充盈着生态文明的乐章，绿色经济的美丽，可持续发展的景象，唤起了我们许多美好与向往，难道余杭这里真的有一个我们的中国梦？

翻开地图，我们发现这个诗意栖息的地方，位于世界文化遗产大运河最南端，不远处是杭州的另一个世界文化遗产——西湖，紧挨着的是正在启动申报世界文化遗产之地——良渚。

在这个有着五千年历史的良渚文化，有着两千年历史的运河文化，有着一千年历史的南宋文化的地方，余杭开发区经过二十多年历程，正以产业经济的繁荣吸引人气，以高水平的城市建设留住人心，走出了一条既符合区域经济社会发展一般规律，又符合本地实际的产城融合之路。

这里，我们说它承载着辉煌，是因为余杭开发区的脚下，良渚先民们在这片土地上耕耘劳作，创造了辉煌的物质文明和精神文明，被认为是中国文明发展史上一颗璀璨的明珠，而载入史册。

这里，我们说它承载着梦想，是因为良渚就像一位身穿绿衣插着红花的美貌少女，怀抱着许多无价之宝，沉睡了几千年。直到二十多年前，余杭开发区在这片美丽的绿洲上诞生，才将这位睡美人唤醒。

有位作家曾经这样赞美，"良与渚的组合，即是美好的水中之小洲！如一首优美的诗，似一幅清丽的画……也许是因了她的美好，才吸引史前时代的先民们在这里落脚；也许是因了先民们的耕耘开拓，才使这儿有这么美好！"

是啊，就在人们为中国到底应该建立一个什么样的生态文明的开发区争论不休时，余杭开发区已经率先启动，尊重自然、顺应自然、保护自然，集聚发展、转型发展、超越发展，这才使得我们满目都是天之蓝，地之绿，山之青，水之净，俨然是美丽中国的一个缩影。

有趣的是，浙江省作协报告文学创作基地选择在余杭开发区的超山脚下，悄然挂起门牌，一批作家在开发区的诸多企业已经密集进行着采访。

也许，这就是一种缘分吧。余杭开发区的发展纪实，得由我们来收获，得由我们去发现！

上篇：一首诗背后的魔力

有一天，我们读到白居易《忆杭州梅花因叙旧游寄萧协律》，特别感慨万千，"三年闲闷在余杭，曾为梅花醉几场"。

我们在超山的创作基地，前后已跨越三年，在那里我写了一本《一条大河里的中国》，书中有这样一句诗话："每天可以遥望远处的／倩影，就是不敢靠近／我怕打扰她的梦。"

在余杭开发区，白居易到底为何所"醉"，而我又到底为何所"梦"？

我不知道，那里到底隐藏有一种什么样的魔力。

也许我们一下说不清楚，或一时又难以破译。记得亚里士多德说过一句朴素的名言："人们来到城乡是为了生活，人们居住在城乡是为了生活得更好。"用经济学的常识翻译这句话的前半截，即城乡必须为人们提供劳动致富的机会。

据此，我们到处寻觅，后来我们发现有一个最重要的理由，是这里发达的产业经济，提供了大量就业岗位，才使得这里产城融合，经济发展，生活红火。

那是 1992 年早春，邓小平的南方谈话后，全国掀起了对外开放和引进外资的新高潮。为加快推进我国改革开放的伟大事业，国务院决定设立经济技术开发区，浙江省人民政府相继批复了 54 个省级经济开发区，而余杭开发区也正是在此时应运诞生的。

在那个穷怕了的日子，为吸引外商来余杭投资，余杭人第一次穿起了西装，学着老外的样子，去招揽外商来投资。余杭县委、县政府于 1990 年 6 月在原杭申公路（老 320 国道，现星光街）北侧，紧邻临平镇城区设立了 1.72 平方公里的临平外商、台商投资工业区，开始了地貌详测、现状调查、基础设施建设等前期工作。当年 12 月称为临平工业区，1992 年 11 月改称临平经济开发区，也即余杭开发区的雏形。

正因为有了这个平台，花花绿绿的外汇过来了，到这里落脚生根。而规划引导，又成了这里建设的一个突破口。于是，他们紧锣密鼓开始以《余杭临平城市总体规划》为依托，设计了《余杭县临平经济开发区控制性详细规划》，1993 年 10 月 26 日余杭县人民政府上报浙江省人民政府"关于余杭（临平）经济开发区进展情况的补充请示"，报告称临平经济开发区拟正式定名为余杭（临平）经济开发区，并要求列入省级开发区。

功夫不负有心人，1993 年 11 月余杭经济开发区经浙江省政府常务会议确认为省级开发区。一个以发展工业为主，以利用外资为主，以出口创汇为主，致力于发展高新技术产业的"三为主一致力"产业平台，率先发展，跨越式发展，让开发区成为余杭经济最为活跃的地区，成为余杭现代制造业的重要集聚区。是啊，认识变化，考验的是功力；适应变化，考验的是素质；引领变化，考验的是本事。

这时，建立开发区成了余杭一项影响深远的战略决策，也是余杭改革开放的一个伟大创举。如果我没记错的话，那是 2012 年春节之后，时任余杭区委副书记沈昱、余杭区委常委兼开发区党工委书记陈金生、余杭国土局长沈世杰等人来到我所在单位，希望对余杭开发区升格国家级的工作给予支持。

老实说，那时浙江还有几个地级市，连国家级开发区都是空白。而一个小小区县的余杭，岂能捷足先登呢？也许从这时起，我开始注意余杭开发区，继而又马上刮目相看起来。

我特别欣赏余杭开发区的做法，在人们大肆招商引资的时候，他们已经着手招商选资、招商引智，即由要素拉动向创新驱动转型、由政策优惠向综合优势转型、由形态开发向功能完善转型、由粗放经营向集约发展转型、由产业新区向产业融合转型。余杭开发区正是把握这种发展大趋势，才实现了今天开发区的优势再造。

筑就长青基业，要鼓起改革勇气。回顾余杭开发区二十多年的发展，最显著的特点是改革开放：

在改革开放初期，开发区创造了"小政府、大服务"的管理模式，"一条龙、一站式"的办事流程，进行了一系列的改革探索。进入新时期，贸易投资便利化、要素资源市场化配置、综合执法体制、大部门制度、生态化建设以及产城融合等领域继续深化改革试点，改革的脚步从未停止。

率先参与国际产业分工体系，主动承接国际产业转移，打开了开发区的发展视野和发展空间，正是改革开放赋予了开发区无穷的活力，使得开发区一直走在发展的最前列。

腾笼换鸟成为改革开放试验田。如 2013 年完成润宇制衣印染企业返租和改造，用于发展高科技产业；完成路赛机械 130 亩土地的回购，并成功出让给诺邦股份；推动远大实业成功收购濒临破产的大与箱包企业。空间换地，以 619 万平方米的园区改造提升为抓手，重点推动了兄弟实业、巴士利等十余个改造项目建设，总建筑面积达 39.5 万平方米。机器换人，积极推广老板电器自动化生产线和西奥电梯焊接机器人等示范项目，通过召开现场会等形式，提升了认识，调动了积极性。电商换市，以"阿里余杭"为契机，重点做好老板电器、黯涉女装等 18 家电商企业的服务和宣传，积极引导园区内传统企业搭建网售平台。

与此同时，开发区成为产城融合的新兴区域。相应的新城区各种功能日渐完善，提高了人口的吸纳功能，增强了就业的承载能力，同时改变了城市面貌，使传统城市向现代城市转变。

筑就长青基业，离不开担当精神。回顾开发区二十多年的发展，最显著的特点是快速发展：

开发区成为对外开放的主要战场。截至 2013 年末，在全省国家级经济技术开发区中综合排名第五，在全省县（区）域国家级经济技术开发区综合排名第一，成为浙江省外资强度最大、水平最高的区域；开发区已经成为经济增长的强大引擎。

近十年来，开发区主要经济指标均保持两位数增长，远高于全省平均增幅。2014 年，全年实现规模工业增加值 91 亿元，可比增长 14%；固定资产投资 66 亿元，增长 24.85%，其中工业投资 50.86 亿元，增长 17.73%；财政总收入 24.57 亿元，增长

31.23%；实际利用外资 2.75 亿美元，实际到账市外内资 20.48 亿元，浙商回归项目到位资金 15.92 亿元。开发区已经成为产业集群的重要基地。

对外商投资、浙商回归、央企集团"三管齐下"，大力引进和发展现代新兴产业，开发区已逐步发展成为一个以高新技术产业为主导，以生物医药、先进制造、电子电气、纺织服装等产业为支柱的成长性良好的综合型产业区。

通过持之以恒的招商引资，开发区相继引进了法国赛诺菲、瑞士诺华、美国礼来、日立集团等一批世界 500 强企业，也成功引进培育了贝达药业、老板电器、春风摩托、东华链条、大东南高科包装等一批国内行业领军企业。

国家发改委外资司王东司长对余杭开发区产城融合高度评价："绘制一幅诗意的生态画卷，倾力打造最美丽的新区的做法，已让我感受到这座历史文明与现代文明交相辉映的城市所散发出的独特魅力。"

余杭百姓永远不会忘记，2012 年 7 月，经国务院批准，余杭开发区正式升级为国家级经济技术开发区，命名为杭州余杭经济技术开发区。并正式确认开发区规划面积 43.16 平方公里，托管 22 个社区，现有常住人口逾 5 万人，外来人口约 10 万人。

知之愈深，信之愈笃，行之愈实。从这时起，余杭开发区又以一个美丽中国的标准，引领着示范着创新着中国，而屹立于长三角经济带的最南翼。之前，说到的陈金生书记，他人如其名，为余杭开发区发展兢兢（金）业业，生生（生）不息。原国土局沈世杰局长，也转岗到开发区任主任，他说："命运注定，这是一种缘分。"

而曾几何时，白居易对余杭开发区"曾为梅花醉几场"，以及"我怕打扰她的梦"的担忧，一切皆可放下了！此刻开发区已不仅仅是一个现代工业发展的平台，它已经理直气壮地成为城市的一部分，因为有 15 万人在开发区安居乐业。

回首来处，有知难而上的开拓进取，也有静水深流的长远构建。令人赞不绝口的是，余杭开发区创造的"余杭速度"：在大运河船行"慢"节奏生活的背后，有着杭州高铁铿锵有力"快"节奏的经济腾飞。

中篇：一个故事撬动一个大产业

又是一天，我在去余杭开发区的路上，碰到一位名叫何良祥的离休老干部和老伴一起，向我问路："往余杭开发区怎么走？"老两口跨越 2395 公里，从昆明赶到余杭。开始我以为他们两老是来旅游的，就告诉说："开发区，一边是大运河畔的塘栖古镇，一边是名满天下的超山梅花。你要去哪边？"

他们听后哈哈大笑："我们不是来玩的，只为道声谢谢！"

"向谁道谢？"我迫不及待追问："是什么值得两老千里迢迢？"

何老向我娓娓道来：原来，老人 73 岁的妻子杨德新，在 2012 年 10 月被诊断出肺癌晚期，病灶很大，她每天都要忍受病痛折磨。他们满怀着对生的渴望四处打听，终于得知国内还有一种靶向抗肿瘤新药——"凯美纳"。服药后，肿瘤得到有效控制，生存质量得到提高。

"呵，到余杭经济技术开发区是为了找企业？"我自言自语。

老人家回答道："可以说是，也可以说不是。"说是，这家企业还有一项后续免费用药计划，对所有"凯美纳"治疗有效六个月或以上的病人无偿提供药物。说不是，因为余杭开发区有几千年文明，老人家带上老伴是来享受古老文明光芒照耀的。

　　言下之意，因有五千年的良渚文明，才有余杭开发区酿造的仙药，我明白他们意图。我说："那就跟我走吧！"

　　当他们得知与我同路，拍着手对我说："真是众里寻她千百度，蓦然回首，那人却在灯火阑珊处！"又是一阵开怀大笑。

　　这对快乐的老人眼中的"凯美纳"，是由浙江余杭生物医药高新技术产业园区的浙江贝达药业股份有限公司生产的，历时十年研发成功的国家 1.1 类小分子靶向抗癌新药，主要用于治疗非小细胞肺癌。上市三年多来，共有 4 万多人接受了该药治疗，普遍疗效良好。这一新药的研发成功打破了西方药企对此类药品的垄断，被我国医药界誉为民生领域的"两弹一星"。

　　贝达药业创立于 2003 年，是浙江余杭生物医药高新技术产业园中，近年来迅速崛起的一大批优秀生物医药企业中的佼佼者。在这个产业的高地里，既有像贝达这样的创业标杆，也有中华老字号民生制药、胡庆余堂，更不缺美国礼来、法国赛诺菲等世界 500 强企业。

　　2014 年 1 月，浙江省唯一的生物医药高新技术产业园区的牌子落户余杭。那么，这片集聚医药人创业创新的热土究竟是怎样形成的？它的魅力又在哪里呢？

　　这话要回过头来说。进入 21 世纪后，我国沿海地区经济开发区发展方式雷同，产业结构重复现象日趋严重，尤其是 2008 年的国际金融危机给各地带来的冲击之大，更是令开发区始料未及。

　　2008 年，余杭经济技术开发区率先全省，开展了开发区整合提升，将开发区版图分为传统产业提升区、高新产业区、新型装备制造业区、公共服务中心区、城市更新区、商贸区、配套居住区等七大功能区。开发区负责人介绍说："开发区整合提升就其实质而言，是一次管理体制和工作机制的创新。"

　　这时，龙头带动更明显。按照分类管理和服务的思路，对开发区内的老板集团、贝达药业、西奥电梯等领先企业加快培育，强化生产要素统筹，确保优质资源向优势企业倾斜。2014 年全年，这 8 家企业实现产值高达 225 亿元，同比增长 21%，带动规模企业增长 10 个百分点，大企业大集团龙头带动作用凸显。

这时，科技创新更活跃。2014 年全年高新技术产业产值突破 200 亿元，新产品产值 180 亿元，同比增长 20% 以上，增幅高于规模产值 16 个百分点，新产品产值率在 40% 以上。新增国家火炬计划高新技术企业 1 家（铁流），国家重点支持领域的高新技术企业 8 家（斯沃德、乐恒、碧雅、民生、奥坦斯、诺贝尔、天允、铁流），新增省级企业技术（研发）中心 7 家（贝达、西奥、新希望、诺邦、万通、西奥、柯瑞特）。累计拥有高新技术企业 43 家，其中国家火炬计划高新技术企业 4 家；拥有国家级企业技术中心 3 家，省、市级企业技术（研发）中心 57 个，国家认可实验室 1 个。成功创建家纺设计、装备配套 2 个民营孵化科创园，总面积为 18.5 万平方米，完成科技型中小微企业招引 201 家。全年 27 人次入选省 151、市 131、区 139 等人才培养计划，贝达药业王汉承、杏辉天力王昭日进入"国家千人计划"答辩程序。

这时，生物医药区块建设更扎实。在"杭州生物产业国家高技术产业基地拓展区"和"浙江省生物医药外商投资新兴产业示范基地"基础上，着力建设总面积 20.76 平方公里的"浙江省生物医药高新园区"，相应的"概念性规划（送审稿）"编制完成，其中一期启动区块 10.33 平方公里征地拆迁、基础设施建设、8 万平方米生物医药孵化器、国家级浙江省医疗器械审评中心落户等，为下一年全面建设生物医药区块奠定坚实的基础。

这轮整合提升不同的是，整合提升更强调核心发展区与辐射带动区联动发展，更突出创新管理体制和优化产业布局。事实上，深化整合提升的过程，也就是把有效利用外资与培育新型产业相结合，把推进开发区差异化、特色化发展与加强开发区品牌建设相结合的过程。

浙江余杭生物医药高新技术产业园区依托于余杭开发区，面对竞争加剧、发展乏力的态势，开发区管委会也在苦苦思索着解困之道，尤其是产业布局，是因循守旧保稳妥，还是另辟蹊径求突破？关键时刻，他们想到了"借力"权威专家来把脉、来开方。

2008 年，开发区重金聘请了国际知名的产业咨询公司罗兰·贝格重新绘制产业规划，最终确定了健康产业、装备制造业、绿色产业、通讯电子和以纺织服装为主的"4＋1"产业发展定位，并把生物医药产业放在健康产业发展的首要位置。

2008 年 9 月，老牌国企杭州民生药业成为余杭为当地生物医药行业引入的首只"金凤凰"，率先签约。民生药业就从杭州老城区整体搬迁而来。 同时，天元生物、杏辉天力等一批生物医药企业也同步发展壮大。当地产业转型的后续措施是以民资引外资，一批全球 500 强企业纷纷将目光聚焦到这里，来自瑞士的诺华斥资 1.25 亿美元收购天元生物部分股权；赛诺菲－安万特与民生药业合资 1.28 亿元人民币成立杭州赛诺菲民生健康药业有限公司；美国礼来则投资 1 亿多元加盟贝达药业，生物医药产业集群初具规模。

据统计，2014 年，浙江余杭生物医药高新技术产业园区内 25家生物医药企业实现产值 40.01 亿元，同比增长 20.79%。龙头骨干企业中，贝达药业继续保持强势增长势头，实现产值 7.69 亿元，同比增长 31.25%；赛诺菲民生、杏辉天力产出显著提升，分别实现产值 3.68 亿元、2.35 亿元，同比增长分别为 81.83%、116.58%；其他龙头企业如民生药业、诺邦无纺全年产值均呈现大幅增长。

正当生物医药产业发展枝繁叶茂之际，园区审时度势，基于更高层次发展的愿景，有了更大的"野心"。陈金生书记告诉我：

"希望在未来的五年时间里，把浙江余杭生物医药高新技术产业园区打造成为长三角最大、最有影响力的现代医疗设备高新区。"

相关调研表明，医疗器械和药品一样，都将在全球范围内保持较高需求增长，而前者的增速甚至会更快。2013 年，中国已成为全球第二大医疗器械市场。2014 年年初，以浙江余杭生物医药高新技术产业园区创建为契机，上海市改革研究院受委托对生物医药高新区的产业规划进行新的调整，明确了医疗器械和创新药物两大产业发展方向。在产值规模上，到 2020 年，力争实现产值 200 亿元，其中医疗器械占 60%～70%，培育一批亿元企业和十亿元企业。

在行业选择上，以网络化、智能化医疗设备为主攻目标，重点发展可穿戴设备、现代大型设备、植入介入材料、基因诊断（生物芯片）、创新药物。在开发时序上，近期重点引进医疗器械企业，同时通过鼓励既有制药企业提高研发能力和引进研发性制药企业，储备新药项目。

真是一方水土养一方人。一个产业的兴盛与否也与一方水土息息相关，而这里的"水土"是指投资环境。2003 年，毕业于美国阿肯色大学的医学博士丁列明和耶鲁大学博士后王印祥等 3 人，带着刚刚完成化学合成和筛选的新药项目——BPI - 2009（凯美纳）回到中国，希望在自己的国家完成新药的孵化，并成立了贝达药业。

余杭区委、区政府得知消息后大力支持，浙江余杭生物医药高新技术产业园区也尽其所能为这三位海外人才提供最好的条件。众所周知，新药研制周期长、资金投入大、失败风险高。"凯美纳"的研制也不例外，从起初的构想到专利分子设计，不知经历了多少失败。 2006 年，设计成熟的分子要开始临床试验，需要自己的生产基地。

人生地不熟的三位"海龟"为此大伤脑筋。得悉"贝达"的困难后，开发区出面协调，帮助"贝达"收购了一家当地药厂，保证了试验能够及时启动。2008年，在"凯美纳"即将进行三期临床试验时，全球金融危机爆发了。此时，经过一、二期临床试验的大量投入，企业自有资金已经耗尽，原本计划注资的海外风险投资基金由于国际经济形势恶化而取消了投资计划。"贝达"的新药研制面临着"功亏一篑"的危险。

危难之际，开发区雪中送炭，通过创投引导基金支持"贝达"1500万元人民币，帮助企业渡过了难关。2009年春天，"凯美纳"三期临床试验得以及时启动。经过两年多的时间，该药的试验终于取得圆满成功。2011年6月，贝达药业自主研发的小分子靶向抗癌药——盐酸埃克替尼（"凯美纳"）正式获得国家食品药品监督管理局颁发的新药证书，成为我国首个具有完全自主知识产权的小分子靶向抗癌创新药。

历经磨难，终成正果。贝达药业的三位创始人在欣慰之余，充满了对余杭区委、区政府以及余杭开发区的感激之情。他们表示，如果不是在余杭这样良好的产业生态中，"凯美纳"很可能就夭折了！

无独有偶，杭州微策生物技术有限公司在创业初期也遇到了一系列困难。首先是办公用房和厂房没有着落，也是在开发区的帮助下，通过建设生物医药孵化器网络体系，采取"先租房，再售房"、"先落户，再落地"等形式，将企业入驻困难的问题解决。

针对企业融资难问题，浙江余杭生物医药高新技术产业园区成立了2亿元的投资引导基金扶持生物医药高新企业发展。另外，开发区还积极与天使基金互助合作，帮助创新研发企业实现产业化。 此外，目前浙江余杭生物医药高新技术产业园区已经构建了一整套完善的服务生物医药专业人才的配套政策体系，包括安家补助、项目资助、人才房申购、配套公寓等多方面。

依托浙江余杭生物医药高新技术产业园区这一金字招牌，目前高新区以葛兰素史克收购诺华旗下疫苗事业部为契机，积极引进葛兰素史克制药（世界500强）新项目、赛诺菲制药（世界500强）单克隆抗体及基因治疗药物亚太基地项目等。同时，通过贝达药业等现有企业，努力招引创新药项目。加强与中国生物医药协会的合作，紧盯沈阳三生药业生物制药项目、深圳医疗器械协会会员单位（以浙商、杭商为重点）制造基地等，努力实现招商引资与引制、引智相结合。

历史的细节，常常内有乾坤；严谨的克制，时时彰显进步。要知道，这样的科学态度，背后有着太多曲折前进的不易，螺旋上升的艰辛。打造升级版开放新平台，构筑国际化产业新高地。近几年通过积极开展国际化招商、创建国际化平台、引进国际化产业、做强国际化企业、招聘国际化人才，开发区已逐步发展成为一个以高新技术产业为主导，以生物医药、先进制造、电子电气、纺织服装等产业为支柱的成长性良好的综合型产业区。

当今世界，国家与国家之间的竞争，实际上就是经济实力的竞争，归根结底，是企业与企业的竞争、品牌与品牌之间的竞争，因此，品牌无疑已成为一个开发区实力的象征。开发区陈金生书记掐着指头说：

"一批世界级或国家级的名企名品，从余杭开发区风涌而起。如法国赛诺菲、瑞士诺华、美国礼来、日立集团等一批世界500强企业落户开发区；贝达药业、老板电器、春风摩托、东华链条、大东南高科包装等一批企业异军突起，成为国内行业领军企业。"

所以，余杭开发区正在利用自身多年积累形成的品牌优势、产业优势、资本优势、人才优势和管理优势等，走出"围墙经济"，放大溢出效应，辐射和带动方圆几十平方公里，实现经济园区与周边园区的良性互动，促进内外联动发展、城乡协调发展、区域均衡发展、社会和谐发展。

在经济新常态下激扬的中国梦，将写下浓墨重彩的崭新答卷。时至 2014 年底，浙江省又率先全国，提出了对各类开发区整合优化提升的改革意见。可以预见，借此东风，余杭开发区承接国际高端产业的优势和能力，将会进一步得到优化和提升。

走过了二十多年，余杭开发区已经站上新的起点。这片改革的先行区，不愿停留在过去的功劳之上，而是开始了再出发。相信这里将派生出更多的"何老追余杭"的新故事。

下篇：一本书里的美丽中国

是前不久，当我们带着《梦里富春——美丽乡村浙江样本》书稿，这一"浙江记忆"的重要选题，走出杭州超山创作基地，那迷蒙的江南雨丝，正滋润着远山小桥流水人家，滋润着岸边桃红柳绿乡愁，也滋润着帕乌斯托夫斯基对我们的告白：

"当我们在观赏美的时候，心头会产生一种骚动感，这种骚动感乃是渴求净化自己内心的前奏，仿佛雨、风、繁花似锦的大地、午夜的天空和爱的泪水，把荡涤一切污垢的清新之气渗入了我们知恩图报的心灵，从此永不离去。"

余杭作为一座深邃渊博的城市，数千年文明成就了其平和内敛、满腹经纶。而亘古开天的良渚文化、源远流长的运河文化、蜚声海外的禅茶文化，共同构筑了余杭深厚的历史文化底蕴和丰富的文化积淀。

中国五千年文明史在这里得以证实，江南水乡文化在这里遍地开花，民间古典艺术文明在这里丰富和升华。而开发区处于余杭区人民政府所在地的临平城，无疑担当并传承着历史文化重任。所以，今天几十平方公里的余杭开发区，早已不是传统意义上的单纯工业园区，要按照统筹二三产业、统筹城乡建设、统筹区域发展、统筹经济社会、统筹人与自然的理念进行建设，实现"包容性增长"和"共享式发展"的复合开发区或综合经济区。

对显露比较充分的变化，我们要手中有方。他们在2008年总规修编时，启动总规评估工作，并重点完成了教育、医疗等公共设施布点规划的编制报批，完成了03、04单元（二期装备制造区）的送审稿编制，完成了10单元（原兴旺工业城）控规编制的前期研究工作，启动了生物医药高新区概念性规划的编制工作，开展了土地利用规划中期评估基础性工作，进一步优化规划，为产城融合发展提供指导性依据。

对行将加速而至的变化，我们要脚下有路。以城市标准，修筑开发区基础设施。坚持"联网成片、拉通框架"思路，推进路网等市政建设，2014年基础设施建设新建及续建项目共19个，其中续建项目6个，道路里程5166米，新建项目11个，新建道路里程2513米，河道整治2490米。按照"续建项目抓完工，新建项目抓开工"的思路，其中长宁路因乙方施工单位内部资金链影响工期外，其他各项目均按工程进度计划在有序地进行。横一路、横二路桥已完工，宏达路（星河路－顺达路段）、北沙路、新洲路基本完工，宏达路二期也已开工。

对当下犹抱琵琶的变化，我们要心中有数。目前已引进商贸综合体，开工建设有27万平方米的万宝城商务商业项目，投入使用面积1.98万平方米、36个班级规模的育才实验小学及新星幼儿园北园项目，交付使用面积2.2万平方米公共服务中心。这些项目的实施将有力地提升产业发展商务生活配套能力。

外修生态、内修人文，这也是开发区起步时就设定的一道门坎。据中国文联副主席、国务院参事冯骥才的调查研究结果透露，中国的自然村十年间由360万个锐减到只剩270万个。这意味着每一天中国都有 80 个到 100 个村庄消失。自然村的减少，则意味着传统村庄物理实体的消亡。

生活总是充满希望的，成功总是属于积极进取、不懈追求的人们。譬如，余杭开发区中的长虹社区，其前身是长春村和黄家桥村。2003 年 9 月 18 日两村合并，取两村名的各一字为长虹，长代表长春，虹代表彩虹（黄家桥）的意思。而和长虹社区同样的村庄有一大批，2008 年 1 月 23 日，杭州余杭经济开发区召开 23 个托管村（社区）动员大会，3 月 14 日召开撤村建居动员大会，4 月 8 日完成挂牌，2014 年开发区实际托管社区将调整为 25 个。

撤村建居的顺利进行改变了农民的思想观念和生活方式，为他们带来了看得见的实惠。开发区辖区内已有 2471 位居民受惠于养老基本生活保障，共投入参保补助资金 3803.5 万元；2095 位居民办理了农村居民养老保险，投入参保补助资金 1418.6 万元；完成 20 个社区的星级老年之家、3 个社区的区二星级老年活动室、1 个社区的市老年规范化协会建设，开发区投入配套资金 38 余万元。

2014 年 2 月 7 日，春节长假结束后的第一个工作日，国务院召开常务会议作出重要决定，合并新型农村社会养老保险（以下简称"新农保"）和城镇居民社会养老保险，建立全国统一的城乡居民基本养老保险制度。学者指出，这是中国在养老制度改革上首次将城乡居民一并考虑的重要举措，是中央政府在民生工程建设上走出的重要一步。家庭养老是农村老年人的最普遍最实际的养老方式，一旦家庭"空巢化"，家庭的养老功能往往就会弱化，特别是在精神慰藉和生活照料方面；对于身边无子女的农村"空巢老人"以及子女无暇照顾的老人，需要建立有效帮扶机制，积极探索以乡村、社区为依托，从城市向农村辐射的新型养老服务。

还没走进挂着社区委员会牌子的小楼，长虹社区党总支书记黄向前就出来迎接我们。问起这个新政策对社区老年人的影响，黄向前说："影响不大！"长虹社区常住人口 2439 人，社区共有老年人 447 人，老龄化程度达到 18.56%。说起余杭经济技术开发区对长虹社区的影响，黄向前认为最重要的一点，是让村里所有的老年人享受了养老保险，撤村建居农转非时，开发区给每个老年人补助 15000 元，老人自己再交 15000 元，每月就可以领取几百元以上的养老金了。

据黄向前介绍，2008 年 4 月撤村建居，全村人只有户口农转非，土地承包权和宅基地使用权不变。村里老人先是交失地农民保险，自己出 1.5 万元，开发区补贴 1.5 万元，当时每月领取 400 多元，2011 年转保成城镇职工养老保险，按年龄段分层缴费，年轻点（刚过退休年龄）多交，年长的少交，多的交 2 万多，年长的交 1 万多。

现在，长虹社区里 60 岁以上的男性和 50 岁以上的女性已有近 600 人，享受平均每人每月不低于 1300 元的养老金。黄向前的父母都已年过花甲，住在长虹社区，都享受养老保险，每月两个人有超过 3000 元的养老金。

长虹社区居委会小楼二层的白色外墙上，有一排红色的大字："长虹社区公共服务中心"，一楼的门边挂着一块白底黑字的牌子："杭州余杭经济开发区长虹社区居家养老服务站"。

改变过去"天女散花"、"孤岛式"的分散布局，把发展工业化和推进城市化紧密结合，互为依托，互相促进，实现工业化与城镇化、经济与社会、人口与环境的协调发展。如加大财政资金投入，2014 年投入约 4000 万元资金用于公共卫生、合作医疗、疾病防控、救助救扶等工作。建立了突发性公共卫生事件和食品安全事故等应急预案，建立了无偿献血应急名库；进一步加强社区用房管理，做到事前介入、提前签约，在规划审批前与开发商签订社区用房安置协议，确保社区用房的落实，2014 年完成了 15 个社区办公用房面积达 800 平方米以上；成立筹建海珀、映荷、茅山三个社区公共服务站，强化社工队伍建设，增加基层服务力量。稳步推进充分就业社区创建工作，帮扶 1577 名失业人员实现再就业；扎实做好 20293 人的城乡居民基本医疗保险参保和报销，以及养老保险扩面工作；积极做好各类医疗救助救扶工作，强化 12479 名社会化管理退休人员的服务；做好近 7 万外来流动人口的服务工作；加强社区卫生服务站的整合提升，开展健康创建促进活动，开展居民健康体检和妇女病普查工作；民政、计生、劳保等各项民生服务得到进一步深化。

加快平安园区建设。加强"两网二中心"建设，配足巡逻力量，强化技防建设，结合辖区实际，对原有的网格进行中心调整，从原来的 25 个网格调整为 41 个，并对每个网格进行编号，调整了网格长，配备了专职网格专管员。积极落实 110 联动、消防、道路交通安全管理等工作，开展"打非治违"、消防宣传"六进"等专项行动，社会治安立体防控体系得到加强。深化"枫桥经验"，推行"大调解"工作机制，全年成功调解 354 起纠纷；积极开展法律普及工作，全年共提供法律咨询 376 人次，提供法律援助 7 起，"法制余杭"得到进一步落实。做好信访维稳，强化社会风险评估，落实领导包案化解工作，相应不稳定因素得到有效化解和稳控。

居委会院门的左侧，就是社区的星光老年之家。一直排开的四扇门显然要比社区的两扇门来得气派。大门两边分别挂着社区老年人协会和老年体育协会的牌子。

黄向前很感慨："原来说老人是个宝，大多是从家务劳动、照顾小孩这方面说的。现在，从经济上也有了实质性的意义。真没想到，农村老太太也能享受城里人的养老待遇了。"

这份待遇无疑是城镇化推进过程中，撤村建居带来的。关键一点是农村改叫社区后，农民能够摇身一变成居民么？

在中国现有的行政区划中，村，社区，街道，乡镇，经常会混淆不清。就像我采访的长虹社区，门口一块牌子上写着运河镇，而其实从余杭区的官网上可以清楚地看到，运河镇已经不存在了，取而代之的是运河街道。而人口规模达到多少、并且非农业人口所占比例必须多少才能从镇改为街道等，大概只有相关的官员才能搞得清楚。因为，对一般人而言，居住地的那个点，属于街道还是乡镇，名称是村庄还是社区，都不会太在意。

不过在我们印象中，以前街道社区都是城市中的概念。而现在，类似长虹社区这样的农村居民点都被叫作社区。而长虹社区的行政上级部门，既有余杭开发区这样新兴的行政组织，也有运河街道这样原本只见于城市的名称。

历史的车轮滚滚向前。当前，中国经济已经步入转型轨道，正逐步进入高成本时代，粗放型发展模式已难以为继。"首先我们得认识到，今天所讲的历史新起点其实就是经济新常态。"在开发区负责人看来，"新常态经济包含着经济增长速度转换、产业结构调整、经济增长动力变化、资源配置方式转换、经济福祉包容共享等全方位转型升级在内的丰富内涵和特征。而开发区代表了当地经济转型的方向和未来。"在《梦里富春》一书中，我们对余杭开发区提出了这样一个问题：

"城市化的进程，让更多的农民成为市民，让更多的城郊村成为社区。大都市的前进步伐，更是"忽如一夜春风来，千树万树梨花开"，成片的乡村短时间就转换为城市中的一个个街景。"这就是说，一个历史文化与现代文明交相辉映、文化力与生产力和谐互动、事业繁荣与产业兴旺相得益彰的文化名区日益凸现！

为了让开发区的天空更加澄净，为了让开发区的净土更加美丽，为了让开发区中居民的心灵和幸福的生活彼此交融倾诉，余杭开发区永远坚守着内心的庄严承诺——

把敬畏还给自然，把自由还给生命，把尊严还给文明，把爱与美还给世界，让辉煌和梦想重返人类生活！

"我见青山多妩媚，料青山见我应如是"，余杭开发区的产城融合之路，不是一本书可以穷尽的。一个矢志于引领经济新常态的开发区，一个准备对构建世界新格局做出更大贡献的开发区，又将拿出改革发展稳定新答卷，探索速度质量效益新统筹，展现开放合作共赢新路程。

形如雄狮，势如骏马，十一辆摩托护卫车似雁阵、又似宝剑，引领国宾车队，保护国宾车主。

"中华第一骑"——浙江春风动力股份有限公司研发制造。

一路春风来

Spring All the Way

——浙江春风动力股份有限公司发展纪实

袁亚平

上篇：时光的回响

一

青石板的路面，湿漉漉地泛着夜色。

青石板路的左边，是京杭大运河。沿岸的灯光，抖落在水面上，波光粼粼，便有了许多暗黄的谜语。

青石板路的右边，是一长溜的传统民居，白墙，黑瓦，木板门，花格窗，一串串红灯笼，在夜风中倾诉各自的故事。

台门，天井，回廊，楼梯，窗棂，步履中，分明已有时光的回响。

我与朋友们相聚。一位朋友带来一人，对我介绍道："这是春风集团总裁赖国贵，也是乐清老乡。"

国字脸，长相端正，一脸谦和的笑容。看上去，有几分帅气。赖国贵的话不多，有人说他不善言辞，也有人说他保持低调，又有人说他思维敏捷、行动迅速，还有人说他很有超前意识、科技意识和实干精神。

我推开一扇花格窗，窗前的大运河在流淌，水的气息弥漫天地间。

远处，有灯光勾勒出一座老桥。那应该是拱宸桥，三孔薄墩联拱驼峰桥，是杭州城古桥中最高最长的石拱桥。

拱宸桥创建于明崇祯四年（1631年），清光绪十一年（1885年）重建。历经380多年，阅尽沧桑变化。

赖国贵的老家，悠悠的河流上，也有一座老桥。

传说以红石筑成，始建于哪个年代已无法考证，最早一次有记载的重建，是在南宋开禧元年（1205年）。地名虹桥，就是因此桥而得名。

那座老桥，俗名栏干桥，桥长98米，高16米，桥面中段略窄为5.9米宽，而两端桥塂处有12.2米宽。由此引申出一个地名，又繁衍出许许多多的人和事。

在明代万历年间，虹桥就出现集市贸易，名为新市。清康熙十三年（1674年），虹桥定农历各旬之三、八两日为集市。

新中国成立后，相沿成习，市日制度从未改变过。改革开放后，虹桥市场进一步繁荣发展。每逢集市来此交易人数，一般五六万人，最多时达十多万人。

乐清虹桥，台州路桥，绍兴柯桥，此"三桥"为浙江省商品贸易的重镇。

夜空中，唯有乡思悠悠。

二

乐清市虹桥镇，一座山海相依的千年古镇。地处国家级风景区北雁荡山南麓，东濒乐清湾深水良港，南接甬台温高速公路，西南距温州机场60公里。

虹桥境内平畴沃野，河道纵横，水网交错，池塘、水墩星罗棋布，大小桥梁多达三百多座，是典型的江南水乡。

虹桥是乐清市的三大冲积平原之一，土地广袤，土壤肥沃，盛产水稻。由于土壤的母质为古代滨海沉积物，土层深厚，养分丰富，加上耕层有机质含量高，氮、磷、钾比例适当，气候冬暖春早，雨水适中，光、热、水资源匹配好，所以农作物生长快，水田可以种两季水稻一季麦（或绿肥、油菜、芥菜等），旱地可以种一季番薯一季麦（或马铃薯、蚕豆等）。

虹桥人自古就习惯于精耕细耘的田间管理方式，以及种绿肥、捻河泥、熘灰、堆厩肥、烂臭虾、买壅力等传统积肥方法。从农历正月初八开市，一直忙到十二月，"廿四掸墙墉，廿五赶长工。"一年农活，辛勤的汗水换来充足的粮食，由此有了"浙南粮仓"之称。

赖国贵的父亲赖金法，是乐清市第一批种粮大户。1988年，他承包八村的50亩田，从事规模经营，在当地率先使用除草剂，并实行直播耕作，使农田连年获得高产，经营面积也不断扩大。到1994年，粮田面积已达232亩，通过粮食生产和农机社会化服务，当年农业收入达15万元。次年，他向国家售粮7.5万公斤，荣获浙江省劳动模范的称号。

很多人竖起大拇指，说："赖金法是温州种粮状元，很有经营意识和科技头脑。"

1982年7月，赖国贵从虹桥中学高中毕业后，和父亲一起种过田，也外出养过蜜蜂。

赖国贵说："父亲艰苦奋斗、努力创业的品质和精神，深深地影响了我，对我日后的创业是一笔最大的财富。"

1986年9月，赖国贵考上西南师范大学，读经济学。重庆山城这座花园式学府，让这位22岁的年轻人，放飞青春的梦想。

1989年7月从西南师范大学毕业后，赖国贵就开始寻找创业的机会。

那天，赖国贵认识了一位摩托车生产企业的工程师。一番交谈之后，工程师发现赖国贵为人率真，就告诉他，摩托车配件在国内方兴未艾，建议他从事摩托车生产。

赖国贵的创业热情顿时被点燃。他回家告诉了父亲，又说了创办摩托车配件作坊的设想。

"好啊，要办，我们立马就办！"赖金法转身就拉起一辆两轮板车，到了自己的粮仓里，用竹篾编就的畚斗，插进粮堆，一畚斗，一畚斗，哗哗倒入板车。

父子俩拉着满载的板车到市场，卖掉一板车稻谷，点着一张张钞票。加上家里积攒的，钱够了！

到了黄岩泽国市场，父子俩买来几台旧车床和一些原材料，就在家中搞起了小作坊。当然，要取一个名字："舒尔安摩托车配件厂。"

早起晚歇，父子俩与几个技术工人在旧车床上制造出一个个亮锃锃的摩托车配件。

没料到，摩托车车型变化快。有一次，他们生产的价值几十万元配件竟成了滞销货。

堆在仓库里的配件，冷冰冰地断绝前路，令人心如刀割。

不得已，他们用近乎废品的价格，处理了滞销的配件。

这时，父亲卖掉了家中的粮食，用卖粮的钱，给工人发工资。

"刚开始的时候，真的太难了。"现在回想起来，赖国贵还是感慨颇多。

靠父亲种粮赚来的钱，已经不够了。从银行贷款，难呐！只能向社会上借钱，利率高到 2 分和 2.5 分。

东筹西借，继续开始生产。

及时掌握摩托车行业前沿情况，何等重要！赖国贵开始走南闯北，活跃于市场前沿，摸索市场信息和新品开发信息。

1992 年，当市场上正大量生产 70~90CC 发动机时，赖国贵敏锐的目光，已经瞄向中排量 125CC 发动机核心部件汽缸头上。

经过日夜奋战，他们终于研制成功。产品填补了国内空白，走在了行业的前头，打开了销量，迅速占领了当时国内摩托车吞吐量最大的重庆市场。产量以每年 80% 的速度增长，独家占领该排气量汽缸头市场达 5 年之久。

1997 年，赖国贵所经营的企业状况不错，在全国摩托车行业已有相当的知名度。

每当客户上门，赖国贵总会感到不自在。因为厂房陈旧，场地不够，设备也比较简陋。

一个蒸蒸日上的企业，需要足够的发展空间。赖国贵到周边去寻找，看到虹桥缝纫机二厂的厂房，正好空着，条件相当不错。

赖国贵力排众议，50 万元的年租金租赁。生产场地、仓库、办公楼，都够用了。

人们刚松了口气，赖国贵却提出来，要引进 6 台国际领先水平的数控中心。单 6 台数控中心就需 300 万元的投入，加上模具等配套设备和资料，少说也得 500 万元。

一些股东担心投入过高，风险太大。

开会讨论。赖国贵从国外摩托车市场，讲到国内摩托车市场，讲到自己企业的优势，又指出了企业要大发展，但存在设备、中高级技术人才跟不上等劣势。他分析得头头是道，有理有据。

尽管有些股东心里有点担心，但最终还是同意了赖国贵的意见。

短短两年后，公司就取得 1.5 亿元的年产值。这个成就表明，赖国贵的提议是正确的。

赖国贵说："我始终喜欢一种新的东西。"

1998 年年初，赖国贵又大胆提出设想：要研制中国第一台水冷发动机。

一位高级工程师给他浇了一头冷水：国内摩托车行业中的大企业，都没有实力研制水冷发动机！

赖国贵去国外市场看过，水冷发动机对比传统的风冷发动机，每跑100公里可省下0.9L燃油，而马力又极为强劲，使用寿命更长。

赖国贵说："从风冷到水冷，是摩托车技术发展的必走之路，至于何时会走，现在还比较难说。做低档的摩托车太赚钱了，可能很多人都忙着赚钱吧。当然，也存在技术瓶颈，成功的把握也不是十分大。但我认为，做企业眼光就要看远些。"

3月，水冷发动机进入研发日程。

5月，建立完善一整套现代化企业管理制度及行政机构，设立了生产部、技术部、市场部、品管部、财务中心、管理部，生产厂下设摩托车分厂，发动机分厂，加工中心、压铸分厂。

7月，水冷发动机整车配套件模具开发进入日程。

9月，水冷发动机通过浙江省级鉴定。之后，152MI（立式）水冷发动机获国家技术监督局颁发的全国工业产品生产许可证。

第一代水冷发动机终于在乐清诞生，打破了日本水冷摩托车一统天下的局面。

赖国贵说："从那时起，我们就注重自主创新，我们在水冷摩托车领域拥有41项专利技术，我们的产品都是拥有自主知识产权的。"

由此，中国摩托车行业进入了水冷技术时代。

三

自从创业以来，企业一次次更名。

这正是从小到大、从大到强的历程。

1993年，企业第一次更名为虹桥机器厂。

1996年，企业第二次更名为乐清市虹桥动力有限公司。

1999年，企业第三次更名为浙江虹桥动力制造有限公司。

科技实力迅速增强，产品市场迅速占领，企业规模迅速扩张。

赖国贵又审视自身企业的不足。最主要的一点是，由于国家对摩托车生产目录管理十分严格，公司一直未能进入这个目录。

"国内当时流行摩托车贴牌生产，买产品合格证，投入小还见效快，我们绝不做这样的事情。从长远来说，这意味着今后产品在市场上会遇到一系列麻烦。为此，生产目录无论如何也要拿下。"赖国贵显得异常坚定。

"直攻"不行，则来"曲线救企"。

十几年前，公司就与江苏的苏北电机厂有业务往来。赖国贵的企业蓬勃发展，苏北电机厂的日子却越来越不好过。

而苏北电机厂的手中，恰恰有"春风"商标和摩托车生产目录。

双方经过一番谈判，赖国贵的企业出资740万元，与苏北电机厂达成协议。

1999年6月，浙江虹桥动力制造有限公司拥有"春风"商标，正式列入国家摩托车生产企业目录。

从此，"春风"拂过乐清湾。

2003年2月，"春风"牌荣获温州市知名商标。6月，国家工商总局核准浙江虹桥动力制造有限公司更名为春风控股集团有限公司，同时核准以该公司为核心企业组建春风控股集团。

2005年8月，公司在杭州市余杭区征地300亩，投入资金6亿元，兴建厂房、科技开发中心、专家楼，更新添置加工中心和摩托车、发动机的先进检测设备。该项目建成后，将形成年产50万台发动机、30万辆摩托车的生产能力，年销售额将达10亿~15亿元。

2009年3月，为健全法人治理结构，春风控股集团杭州摩托车制造有限公司整体变更设立浙江春风动力股份有限公司，公司第五次变更名称：浙江春风动力股份有限公司。

四

平时，赖国贵在食堂和其他员工一样，一餐吃几元钱的菜。

外出时，三轮车、摩托车、出租车，赖国贵见啥坐啥，从不讲究。一点大老板的架子也没有。

从 1989 年创业至今，赖国贵和现有的股东没有拿过分红。

企业效益最好的 2001 年，他一年也只拿 2 万多元工资，作为家庭的费用支出。

那单间的三层楼，占地不到 40 平方米，建于 20 世纪 70 年代。赖国贵住了好久，家里的电视机还是老式小尺寸的。

有人不解，问赖国贵："听说你们从 1989 年以来股东都没分过红，你自己一年也只拿几万元工资，这么多年努力是为什么？"

赖国贵答道："当人家用现成的技术忙着赚钱的时候，我们埋头搞研发。当别人追上来的时候，我们舍得投巨资去自主创新，争取领跑在前。我们坚持将每年可分配利润的 80%，投入到自主研发的项目中去。虽然我们的产量不是最大，但以技术创新，奠定了企业在行业中的地位，在业内知名度很高；现在人家都开始羡慕春风的路子。"

"靠科技吃饭，靠创新赚钱"成为企业的行动指南。

国内其他厂家出口一台摩托车，单价最多不过 700 美元左右，而春风摩托的单价在 1500 美元以上。

"春风"系列摩托车，进入了美国、欧洲及东南亚地区，还打入了素有"世界摩托车王国"之称的日本。

有人问："对摩托车来说，日本是生产强国，拥有本田、雅马哈等著名品牌。你为什么会选择日本？"

赖国贵答道："下棋找高手，我心目中的竞争对手是那些世界上一流的知名企业。我认为越是成熟的市场、竞争对手越强，才越能激发企业的潜能,提高企业的竞争能力。对做企业的人来说,产品代表企业形象,也代表自己的价值和身份。我只想让我的摩托车,在这个行业不亚于其他品牌。"

停顿了一下,赖国贵说:"这条路不好走,要耐得住寂寞、熬得住市场的诱惑,但人家很难模仿。我觉得做企业跟唐僧取经一样。唐僧在取经的路上遭遇了很多诱惑,就像我们遇到的市场诱惑。但他一直只有一个目的:取经。他也离不开孙悟空、猪八戒的帮助,孙悟空很能干,但越能干的人越有性格,唐僧要会控制他,会念紧箍咒;猪八戒老是要打退堂鼓,但他也有长处,小错不断,大错不犯。做企业就跟唐僧取经一样,要有坚定的信念,也要会用好各种各样的人才。"

有一次,一位高级工程师因别人出更高的年薪,动了跳槽的念头。

赖国贵得知,就找到这位高工,以平和的心态,与高工交流,谈了企业发展的方向,谈了随着企业发展将会全面提高人才待遇的想法。

但这位高工去意已决,执意要走。

按一般人的做法,你走就走吧,走的场面会很尴尬。

"既然挽留不住,也要好好地送客。"赖国贵却很大度。

赖国贵吩咐办公室给高工买好了机票,还派公司最好的一辆车,将他送到飞机场,体现出一种真诚。

这位高级工程师到了那家企业,却难以发挥作用,心里十分难受。高工硬忍着,挨过一段时间,实在忍受不了了。他打电话给赖国贵,询问公司有关情况,试探性地表现出自己想回公司的想法。

赖国贵当即表态:"你愿意回来,我们欢迎!"

高工握着话机的手在耳边颤抖,他简直不敢相信这么爽快的话音。

这位高工回到乐清虹桥，赖国贵将他接到当地最好的酒店，举行隆重的欢迎宴会。

这位高工非常感动，说出了自己的内疚之情，表示将为公司的发展，贡献自己的余热。

消息传开，有个别人说赖国贵"傻"，这么高待遇的人讲走就让其走，讲来就让其来，还这么看重，又何必呢？

赖国贵说："要想做好做大企业，就必须要不断完善人格。学不会做人，办不好企业。"

当然，人是讲感情的，是讲回报的。

这位高工回来后，对工作更加投入，为公司开发新产品做出了巨大的贡献。

人们还在津津乐道关于赖国贵的"傻事"。

公司里有六七个工程师，很喜欢钓鱼，而赖国贵不会钓鱼。每当这些工程师要去钓鱼池钓鱼时，赖国贵只要有空，就会过去陪钓。

投饵，甩竿，拉线，递网兜……赖国贵倒是像个勤务员的角色。

工程师们提着满桶钓来的鱼，赖国贵已抢先一步，去付钓鱼钱。

他的那份虔诚，那份认真劲儿，使这些喜欢钓鱼的工程师深为感动。

一位工程师深有感触地说："在公司上班，没有为别人打工的感觉，老板更像是我们的朋友！"

五

我记得少年时，就从县城去过虹桥镇。

坐在桥边的小摊上，一碗热腾腾的红糖麻糍端上来了。一入口，香甜糯软，好吃极了！

　　摊主乐呵呵地讲，做麻糍的第一步，得早两天将糯米浸泡在水中，到次日凌晨三四点钟，将糯米淘尽沥干，上蒸笼蒸熟，放在石臼内捣烂成团。摘若干小块，往糖水里一滚，捞起来，盛在碗里，再撒上黑芝麻粉，就是虹桥美食了。

　　赖国贵在虹桥生，在虹桥长，当然知道更多的吃的，传统米食有：麻糍、汤糍、油糍、粿、鸡腔圆、汤丸、米礴、棉菜叶、汽糕、粽、细面、（炒）米汤、油泡枣、油卵、枇杷梗、绿豆糕、炮宇、炒米（糖）和糖条等；传统面食有：火烧饼、灯盏糕、麦摊镆（也称锡饼）、麦粳、索面、麦饼、头梳脑等；传统薯类小吃有：卵皮、番薯条、老鼠儿、番薯粉面等。

　　虹桥有句口头禅，叫"勤力有饭吃"。意思是，勤劳的人，才能有饭吃。

下篇："中华第一骑"

一

　　这个庞然大物从天空徐徐落下来，滑行于北京首都国际机场长长的跑道上，在专机楼前，停稳了。

　　蓝色的机首圆锥型，流线通过白色的躯体，上翘至尾翼，蓝白相间，犹如一条超大的虎鲸。

　　这是"空军一号"，美国总统专机。"空军一号"被普遍看作美国权力的象征，堪称世界上最精密的航空器。

　　2014年11月10日上午9时15分，美国总统奥巴马乘坐专机抵达北京，展开为期3天的中国行程，将出席亚太经合组织领导人非正式会议，并与习近平主席会面。

　　奥巴马走过红地毯，穿过三军仪仗队，进入迎宾车内。

　　这辆黑色的凯迪拉克加长防弹车，是奥巴马从美国带来的总统专车，长 5.5 米，高 1.7 米。

　　奥巴马的专用座驾号称"陆军一号"。其实并不属于美国陆军，而是由美国特勤局（USSS）管辖。美国总统专车也许是世上最牛的"套牌车"，因为特勤局旗下所有与总统保卫有关的车辆，挂的都是"800-002"号车牌。在美国总统出访期间，总统专车可能会根据当地法规悬挂当地车牌。此次来到北京，他的座驾悬挂的就是中国制式车牌，"使224"为美国驻华大使馆号段。

　　总统专车最重要的当然是安全，其防护性能超过步兵战车。车门厚度达 20 厘米，车身、车底和车顶都装备了钛合金、高强陶瓷和复合装甲，可抵御各种枪支弹药的袭击。即使在轮胎全部脱落的情况下，仍能迅速离开袭击现场。

　　座舱采用加压密封设计，可以抵御生化武器袭击。还安装了电磁干扰器，可以发射出强力电磁脉冲，让数百米范围内的爆炸装置或定时系统暂时失效。

　　总统座驾还装备了先进的通信系统、氧气供应系统和消防系统。小舱室备有催泪弹、红外线摄像机、散弹枪、榴弹发射器等保护装置，以及总统专属的血液储备。

　　总统专车后座，在奥巴马的对面，有一个折叠板，一台无线上网 Wi-Fi 笔记本电脑，一台极现代化的卫星电话——有直通副总统和五角大楼的专线。总统坐在里边，"他一方面感到与世隔绝，另一方面却能轻易地与世界各地取得联系。"电话、卫星、互联网……一切通信工具尽由他指尖掌控。

　　总统专车由 CIA 特工掌舵，车技天下无双。司机都接受过中央情报局的特别训练，可以在任何条件下完成驾驶任务。万一遇到紧急情况，他们可以采用"J"转弯的高难度车技，或是令人瞠目的警匪车技迅速摆脱困境。

　　奥巴马总统专车，在保镖口中被嗔称为"野兽"。

有人说："这辆车是一个轿车、卡车和坦克的混合体。"

有人说："它实际就是一座装有车轮的流动的堡垒。"

有人调侃："它能抵御一颗小行星的直接撞击。"

二

头戴白色头盔，身着橄榄绿礼兵服，脚蹬黑色高筒马靴，腰佩特种手枪警棍。

国宾车队摩托护卫队，一人一辆乳白色的摩托车。

新款国宾摩托车是中国自主研发生产的，拥有650CC大排量，最高时速可达177公里，全车使用LED灯，明亮，节能。

摩托车前脸一派威武，设计的灵感来源于天安门的石狮。白色车身上，配以红黄两色。红色，象征着冉冉升起的五星红旗，搭配着黄色代表吉祥和喜庆。仔细一看，会发现车身上红黄双色线条，勾勒出的是盘踞山野的万里长城。

车挡风镜是电动升降调节的，具有位置记忆功能。车上有多频无线、多线通讯，头盔里还有内置蓝牙，可以与机载电台实时通讯，通讯接收距离不小于30公里。

护卫队员身高1.75米以上，相貌英俊，体魄强健。护卫队员身体都与车体成90°直角，头正颈直，肩平腰挺。

他们严格训练三至四年，经过体能、技能、心理素质等方面10多道难关的考验，熟练掌握摩托车驾驶高难度动作，过高架桥，悬轮过独木桥，飞车过断桥，行车交换驾驶员，360°急调头等，练就擒拿格斗，准确射击，快速应变等绝技。

摩托车队行进中，什么样的复杂情况都可能碰到。为确保国宾安全，护卫队设置训练课目时，专挑雨雾、风雪天，训练转"8"字阵、蛇形阵，在冰雪路上练稳定性。他们把砖块、罐头盒等作为假设危险物，布设在途经路上，练习在时速120公里高速行驶的情况下，不减速、不下线、不改队形，进行排除。

行车途中如果发现可疑物品，不管物品是什么，作为护卫队员必须在车速60到80公里的情况下，将其捡起并投到车队之外。而在训练时，护卫队员必须在车速90到100公里的情况下，捡起一支铅笔。

车队快速起步风驰电掣，紧急制动停车如钉。

护卫誓词：护卫重于生命，形象高于一切。

国宾护卫和鸣放礼炮、检阅三军仪仗队一样，是世界外交迎宾活动中的最高礼仪。摩托护卫是外国元首踏上中国的第一道礼仪。国宾护卫队只对外国元首、政府首脑抵离京途中，前往天安门广场、人民大会堂参加欢迎仪式，或者向人民英雄纪念碑献花圈时实施摩托护卫。

1954年6月，继中国人民解放军三军仪仗队组建之后，中央人民政府下令在迎送外国元首仪式中增设国宾车队摩托车护卫，一则体现新生的共和国是礼仪之邦，二则这种迎宾礼仪在当时的世界各国都很盛行。

1954年10月19日，印度总理兼外长尼赫鲁成为摩托护卫队护卫的第一名国宾。

最初，国宾车队有四辆摩托护卫车左右相护。1957年，摩托护卫队扩大了阵容，由最初的4人4车扩大为7人7车。

"文化大革命"期间，国宾摩托车护卫和鸣放礼炮这两项重要礼宾制度被取消。

1979年，经中央批准，我国在重大迎宾活动中恢复摩托车迎宾礼仪，但因摩托车质量较差，影响车队行驶速度而取消。

1981年9月，国务院批准，重新恢复国宾车队摩托车护卫。

1984年7月12日，隶属于武警北京总队的国宾车队摩托护卫队正式成立，一批综合素质上乘的武警战士被选进护卫队，他们以更系统、刻苦的训练方式和更专业的国际水准，进一步提高了中国的国宾车队摩托车护卫水平。

2003 年 12 月 18 日，国宾车队摩托护卫队护卫来华访问的以色列国总统摩西·卡察夫，从钓鱼台国宾馆到人民大会堂。这也是武警国宾车队摩托护卫队组队 19 年来第 1680 次担负摩托护卫任务。

2004 年 1 月 1 日，出于简化礼仪，缓解北京交通压力的目的，政府决定取消为国宾车队安排的礼仪性摩托车护卫。

2014 年 10 月 21 日，坦桑尼亚总统基奎特抵达北京，开始对中国进行国事访问。在首都机场前往钓鱼台国宾馆的国宾车队中，出现了摩托车护卫队。中断 10 年的国宾摩托车护卫队再度亮相。

此刻，美国总统国宾车队离开首都机场，11 辆护卫车在同一时间驶上路面，然后向国宾车行驶方向 90°急转弯，迅速形成一个三角屏障。

组成"∧"字队形，似雁阵，又似宝剑。头辆车搜索前方路面、向后传达信息，其后的摩托车，引领着国宾车队，保护着国宾主车。

在时速 120 至 140 公里的高速行驶中，前后护卫车、护卫车与国宾车，均保持在 1.5 米的距离，保持队形行驶。带队车在公路中线上行驶，左右偏差不准超过 5 厘米。其高速、准确协调一致的驾驶技术，转弯时的优美流线造型，让人叹为观止。

乳白色的摩托护卫队，飞驰而过，瞬间可见长城的魂魄。

乌黑锃亮的奥巴马总统专车，行驶在北京的道路上，成为一道亮丽的风景。

在外交场合，礼宾是展示本国文化传统、发展水平、民族气质的重要窗口。礼炮响几声，地毯铺多长，欢迎队伍规模多大，这些细微差别都会被媒体捕捉到，为民众津津乐道。

国宾车队，庄严、威武、高贵、豪华，代表着一个国家的尊严与对另一国家的尊重。而摩托车护卫是多数国家给予到访外国元首、政府首脑等政要的一种最高礼遇和一项严格安全保卫措施，是国际上很多国家的通行做法。

国宾车队摩托车护卫队"∧"字队形，体现了中华民族的文化传统与东方古国的文明，沿途之中对国宾形成了坚强的保护屏障。彰显大气沉稳的中华风范。

"中华第一骑。"形如雄狮，势如骏马！给咱中国人长脸了！

望着远去的车队，人们互相打听，这国宾摩托车护卫队的座骑，叫啥名儿？是哪儿产的？

嗨，"春风 CF650G"，浙江春风动力股份有限公司研发制造的！

三

杭州市余杭区余杭经济开发区五洲路 116 号。

浙江春风动力股份有限公司占地面积 225 亩，建筑面积 12 万平方米，具有发动机装配、整车装配、车架、机加工、涂装等现代化制造和物流平台，现有员工 1300 余人。

这是一家民营企业，在全国摩托车行业中，其大排量车与发动机系列的研发与制造水平独树一帜。

2013 年 5 月，春风动力公司接到武警北京总队来电：急送春风牌 650 大排量摩托车进京，商议国宾护卫摩托专用车的开发问题。

刚刚一个月前，习近平总书记作出深化外交礼宾制度改革的重要指示，拉开了外事接待中公务用车国产化和自主研发的序幕。

为新组建国宾护卫队标配的新车，必须充分显示当下国产化的顶级水准。

几番筛选，在全国 200 多家摩托车企业中，生产大排量车型的竟是寥寥无几。最后，选了四家意向厂家。

北京武警总队大院的空坪上，停着四辆原型车，来自浙江与重庆四家企业生产的原型车。宾主双方分别试骑，平等接受"最为严苛"的评判。

然而，四辆原型车均被判为"美中不足"。"春风牌650"被认为车把偏低，不足以显示护卫骑手的昂首挺胸。

2013年12月3日，在北京南四环西路的中国汽车技术研究中心，工业与信息化部、武警部队与外交部在这里又一次召开会议。经专家组"面试"和"笔试"之后，宣布"四进二"的结果。

12月，国家工信部正式发文，下达了关于国宾护卫专用大排量摩托车研制任务的函，同意春风动力公司等两家企业承担专用大排量摩托车研制任务，并要求项目于2014年6月30日前完成。

对现有的"春风牌650"摩托车进行重大改进，重点是按照国宾护卫队摩托车的技术参数及性能要求，重新进行外观设计和整车性能匹配，提高产品性能和可靠性，满足国宾护卫队的特殊要求。

赖国贵心里一紧，顿时感到双肩重重一沉。作为春风控股集团总裁、浙江春风动力股份有限公司董事长，出访过多国，深知行情，即使在国外摩托车巨头那里，完成一项新车研制项目，至少要有两年时间。而眼下，满打满算也只有6个月时间。压力之大，困难之多，任务之重，时间之紧迫，不须赘述。

赖国贵叮嘱技术团队的领队："这一轮两家同台，谁也不是隔网打球，而是你我腾跃跨栏。只要为国争光，谁都该算赢家！"

春风动力公司成立项目领导小组，赖国贵亲任组长，发誓倾全企业之力，调动所有资源，汇集最优秀的设计、加工、配套、工艺和装配人才强力攻关。他按照规定完成的期限，倒排各个工序的时间表，反复嘱咐研发设计的核心关键词："漂亮！稳当！"

时间实在不够，怎么办？赖国贵逢人就说："蜡烛两头烧，还有什么不行的？"

夜深了，公司研究院大楼的灯光依然通明，电脑屏幕上移动旋转着工程结构的3D表现……

春风动力公司两轮摩托车研究院院长陈志勇说："在开发设计最紧张的时间段，我连做梦都做到怎么攻克"春风CF650G"的技术细节难题。有时候半夜醒过来，脑子特别清醒，某个困扰人的细节问题竟然就迎刃而解了。"

干了一个通宵！研究院项目组11个人，在2004年1月23日，整夜伴着灯光，直至窗户发白。前期技术调整的东西很多，像发动机在原有平台上就做了很多优化，从功率、扭矩、传动比等等都做了调整。

又干了一个通宵！研究院项目组11个人，在2004年3月上旬的一天，要赶制三台样车出来，送到天津的摩托车检测中心去。

护卫摩托车一个无以伦比的特点是，起步加速快、操控性强、重量轻、重心低，其中的核心部件必须采用ABS自动防抱死系统，足以应对砂石路面、雨雪天气，即使紧急刹车也不会抱死，不会侧滑。

好在春风动力公司早在两年前，就开始研发ABS自动防抱死系统，各项技术参数日臻完善。

这期间，由工信部、外交部礼宾司以及武警部队等方面组成的专家组，多次到春风动力股份公司实地评审、研商改进。

陈志勇说："专家组到我们这里也至少来了4次，他们来了4次，我们就做了4个ppt汇报材料，一做就做到半夜。每次专家组来开评审会，我们都抱着十二分的谦虚态度听取建议意见，每次都当场梳理专家组提出的改进意见，并且当场请对方再确认，唯恐漏掉任何一个改进的意见信息。我们都特别仔细小心。为了这个项目，至少七八个零部件专业配套厂家也跟着我们一起攻关、一起吃苦，所以我们项目组人员到这些配套厂家去蹲点，那也是没日没夜的。我们研究院主要是负责中端工程设计，其实公司创意中心在产品创意设计方面也做了大量艰苦努力。我们研究院和创意中心在同一幢楼里的同一层，大家为这个项目是高度、密切互动，工艺的更改、配色贴花的更改、产品外观和工程结构的 3D 表现等等的更改，前后反反复复不下几十次了。"

春风动力公司凭借企业的高端检测设备，按照国宾护卫队的特殊要求，进行了炼狱般的超常检测。为了适应冰天雪地的安全行驶，样车的检验还被抬进了上海检测专用的冷库，在零下 20℃低温环境下能一次性发动，而一般摩托车只能保证在零下 10℃下发动；超时运转，最高极速达到每小时 177 公里⋯⋯

在此前后，春风动力公司从安全性、智能化等方面，全面优化了"人－机性能匹配"，在高低温启动性能、无线接收距离、内置气囊可升降调节、摩托专用 ABS 系统等方面都取得了重大突破，短时间内积累了一系列崭新的自主创新成果。

尽管"春风 CF650G"摩托是以现有"650 系列"摩托为底本，但实际上已迅速实现了几乎整整一个代际的技术飞跃，包括行走系、操控系等单元在内，进行重新设计的项目达 300 多个。

"春风 CF650G"已申请了 27 项专利，包括 4 项发明专利。

众多专家云集天津中汽中心，启动国宾护卫摩托车项目的验收程序。2014 年 4 月，春风动力公司模具制造的 4 台样车送达，与兄弟公司送达的样车共同接受国家车辆检测机构的试验验证和国宾护卫队的试骑检验。

6 月 10 日，项目验收专家委员会根据整个测试环节的记录与评分，做出抉择。工业与信息化部正式发文，通过国家车辆检测机构试验验证和用户部门试骑检验，春风摩托车基本符合强制性国家标准要求和有关用户的特殊需求，已通过项目验收专家委员会评审验收。

7月，工信部又正式发文，根据专用大排量摩托车研制（近期方案）工作安排和春风动力公司在产品研制阶段任务完成情况，决定春风动力公司承担专用大排量摩托车批量生产任务。

50辆崭新的国宾护卫摩托车，像卫兵那样排列整齐，一展"铁骑当先，铁骨铮铮"的威武风采。2004年9月26日，春风公司举行隆重的交车仪式。

赖国贵捧出沉甸甸的金色镜框，里面镶嵌着摩托车的彩照、钥匙和车架铭牌、发动机号码标志，递交给工信部代表。

工信部代表转身，将这沉甸甸的金色镜框捧给武警总部的代表。掌声响起，标志着新时期外交礼宾制度又迈出成功一步，自主创新的中国制造业跃上一个新水平。

武警总部代表深情地说："我想，国产大排量摩托车的发展快与不快，与以春风集团为代表的摩托车生产企业的重要责任关系很大！"

9月30日，50辆摩托车从春风动力公司启运进京。不料适逢七天长假，因高速免费而路堵，只能在10月2日凌晨安全送达。

此时，距离国宾摩托车护卫队第一次执勤于坦桑尼亚总统，只剩20天了。

一家民营企业为国宾护卫队的摩托车研制"开道"，在中国摩托车行业自主创新进程中"开道"。

一路春风来。提升国家形象，增强民族自豪感和自信心，向世界展示中国制造业的雄姿。

诗曰：春风一过山动容，青峰已立白云间。

厨源——

追寻饮食文化之源，

驱动现代厨房之源，

研发自主创新之源。

就这样，走向 2079

To 2079

——老板电器公司创新纪实

冯颖平

这是一个讲述中国故事的年代。

中国故事有许多和厨房有关。且看犹如旋风席卷大江南北的《舌尖上的中国》里，无论是帝都名城的饕餮大餐，还是山野僻壤的柴火小吃，说来绕去总也离不开厨房。

上篇：雕刻梦想在时光廊

我眼前一块大石头上写着"厨源"两个大字。望文生义，这里是厨之源？百度对"厨"的释义是：厨，庖屋也，也即做饭菜的场所。据说《孟子》始有厨字，立马想起那句很多人耳熟能详的"是以君子远庖厨也"，就出于《孟子·梁惠王上》。

其实这时的我是在中国厨房电器创新产业园，也就是杭州老板电器股份有限公司的园区里。据说起名"厨源"，意在唤醒更多人对中国悠久饮食文化的重视，追寻厨房文化的源头。

我问公司总裁办公共关系经理俞佳良，"厨源"两字的颜色为什么不是常见的大红而是蓝色？

回答是企业标准色是简单大方的蓝白两色，此处即用标准色之一。

而我知道，20世纪80年代国家工商总局认定注册的"老板"标识是红色的。

标准色作为塑造独特的企业形象而确定的专用色彩，具有明确的视觉识别效应，因而具有在市场竞争中致胜的感情魅力。以我私下揣摩，由大红改成蓝白，是不是和厨房的食品安全有关？红色虽然醒目抢眼，但是红色也意味着禁止警告。相比之下，蓝白色怎么看都更加容易让人联想到蓝天白云的纯洁和宽广，并由此对绿色生态、食品安全有了更多的信任。

也许，在老板电器总部到处走走看看，我能看到更多的精彩。

我站在老板电器公司产品展示厅的入口，眼前一片光亮。

2079。

这4个数字表达着什么？它们有着什么独特的含义？

如果在这4个阿拉伯数字后面加上中国字"年"，那么它们就成为公元纪实的一个年份，2079年。

对全世界全中国绝大多数人来说，2079年，只不过是历史长河中的一个固有节点。

可对杭州老板电器公司的高层和员工而言，2079年，却意味着一个梦想，一个目标。

因为2079年是杭州老板电器公司建立100周年。在2079这个年份下写着老板人的目标是"成为中国竞争力最强的专业厨房电器百年企业。做一个让社会尊敬的企业"。

在这个展示厅里，从1979年至2079年，一个年份做成一个方块，长长的100年时光，分列于十一个立柱。前面的每个立柱，上方有一个年份，最后的两个立柱上却每个有两个年份：一个是

2016 年和 2020 年，最后最高的那块是 2029 年和 2079 年。

我以为这就是属于老板电器的时光廊。百年历史，精彩纷呈。这里铭刻着一个个闪亮的时光定格，把老板电器已经走过的 35 年历史和持续要走下去的 65 年，规划图示得一目了然。

我不仅要为设计者的巧思点赞一个、喝彩一声——倘是方方正正的矩形表格，写着"公司大事记"或者是"公司大事年表"，我敢说基本不会有人停下脚步来看。

而眼前这些黑色立面承载着亮眼的年份数，直观体现出老板电器发展中的创建、注册商标、上市等一系列重大事件。

面对着 1979 年这个年份的方块，我努力想象着 35 年前的那一幕。从已经发黄的照片上，我隐约可以感觉到创业时的艰辛。1979 年 4 月，余杭县博陆镇有五个农民，以三把老虎钳作为工具，担负着让全村人一起致富的历史使命，办起了当时盛行的乡镇企业，开始创业之旅。那个年代的人们，心心念念的应该都是五星红旗这样的正能量词汇。于是，就有了这家名为红星的五金厂。

面对 1987 年的方块。我的思维纵横驰骋，遥想那个年代一群急于脱贫致富的农村人，对"老板"这个称呼、这个身份的向往和追求。

众所周知，说到微软就会想起比尔·盖茨，提起"娃哈哈"就是宗庆后。那么老板电器的"老板"是哪位？又是谁最早提出用"老板"作为企业和产品的名称？

我从《杭州老板电器股份有限公司 2013 年度报告》也即上市公司年报中得知，任建华是老板集团董事长、党委书记，老板电器董事长兼总经理，公司的法定代表人，也就是"老板"的老板。

可我问过很多人，但没人能够清楚地说出究竟是谁最早提出用"老板"这个名称的。比较普遍的传说是当年的厂长经常被人称作"老板"，于是在办厂 8 年后的 1987 年，在县里市里省里的工商部门都得不到批复的情况下，时任厂长"老板"任建华去了北京，到国家工商总局提出申请并苦苦等待十几天，终于拿到了许可。从此，一个更能体现自主、自信的品牌"老板"注册成功，并且注册覆盖了四十大类产品领域。

即使在 2014 年年末，以我之见，"老板"依然是个有些土豪更有些霸气的名称。

我不清楚，当年是否有高人指点？但一下子就把注册商标覆盖四十几个领域，绝对可以说是个大手笔。

有人告诉我，在那个年代，"老板用老板"这句话是非常时尚和有诱惑力的。这真是一句直捣众人心灵深处的广告语。你想，用油烟机的前提是家里必须有单独的厨房。而 20 世纪七八十年代，很多人都是住在单位宿舍或者筒子楼，走廊上摆放着家家户户的煤球炉，谁家有个罐装液化煤气灶，那就是非常受人羡慕的。所以，只有当了老板的人，家里有单独厨房的人，才有可能用上"老板"吸油烟机。

今天的我无以考证，当年那几位创业者是怎么会想到"老板"这个名称的，但是有一点应该很清楚，那就是所有人对拥有财富、对事业成功的渴望和追求。

改革开放之初，人口流动成为社会发展变迁的主要标志。亿万农民离乡工作，在城市的奋斗中成就了中国经济起飞的底色。同时，通过各种教育、培训，越来越多的寒门子弟来到大城市，在这里谋求事业的成功、生活的幸福，找到了人生发展的归宿，"自己当老板"绝对是很多人的梦想和追求。

虽然，我们的社会不应该仅仅以某人获得财富的多少也即"货币结算"当作直接评判个人成功与否的标准，但是拥有大量财富毕竟是一件值得炫耀的事。而"老板"这个名称就是对身份地位，以及拥有财富的一种直观明了的称呼。

2013 年，老板电器公司制定并发布了第一份企业文化蓝皮书《老板之"道"》，其中写着：企业愿景是成为中国竞争力最强的专业厨房电器百年企业。百年企业，百年品牌，是我们追求的目标。

在 2013 年的上市公司年报中，我看到这样一句话："总体发展目标，努力将公司打造成为中国竞争力最强的专业厨房电器百年企业"。

俞佳良代表公司级标杆团队高新技术申报团队的发言中也有提到："为打造中国竞争力最强的专业厨房电器百年企业，做出自己应有的贡献。"

我采访过的老板电器公司技术中心设计总监、创新研究院院长王强出生于 1982 年，也就是说当 1979 年老板电器的前身成立时，他还没有来到这个世界。但今天的王强是老板电器公司的技术领头人。

当我问："你的办公室和整个技术中心怎么都这么宽敞啊，真正是老板不差钱，老板不缺房啊。"

王强笑笑说了句："要让十年二十年后都够用。"

一个追求百年目标的企业，就是在一个个员工有十年二十年的计划和打算后才能持续前行。

从 1979 年 5 个人 3 把老虎钳创业开始，到 2014 年，老板电器公司已经走过了 35 个年头。而他们的目标是百年品牌梦，百年企业梦。展示厅里的一切，是对老板电器公司以往 35 年的总结，更是对未来 65 年的展望。老板人朝着笃定的目标，一直走、一直走下去。

目标在前。尽管距离百年企业还有长长的 65 年，尽管今天企业中的很多人看不到那一天。

但那是一份追求，一个目标。这个目标这份追求，并不仅仅属于某个人，而是属于老板电器这个企业。

我从年报中得知，截至 2013 年 12 月 31 日，公司员工总数为 2832 人。年报显示员工年龄区间为：30 岁及以下有 1273 人，占员工总数的 44.95%；31 至 40 岁年龄段有 891 人，占 31.46%；41 至 50 岁年龄段有 577 人，占 20.37%；51 岁及以上有 91 人，占 3.21%。按照联合国 2014 年的标准，45 岁以下都是年轻人，老板电器员工年轻人占绝大多数。

每个人都希望自己长命百岁。于是人均寿命是所有人都关注的数据。根据世界卫生组织 2014 年 9 月 15 日在日内瓦发布《2013 世界卫生统计报告》提供的数字，日本、瑞士、圣马力诺三国人均寿命最高，为 83 岁，其次为澳大利亚、冰岛、芬兰、以色列、新加坡等国，为 82 岁。非洲的布隆迪、喀麦隆、中非、莱索托等国，人均寿命则只有 50 岁左右。中国排名第 83 位，人均寿命为 76 岁，高于同等发展水平的国家，但与发达国家还有差距。

世卫组织流行病学和疾病专家科林·马瑟斯说："全球平均预期寿命已经从 1990 年的 64 岁上升到 2011 年的 70 岁。"而高收入国家的平均寿命为 80 岁，中高收入国家的平均寿命为 74 岁，中国的人均寿命排在中高收入国家之上。

由此可见，作为个体的人，活到百年几乎不大可能。少之又少活到百岁的往往被尊为"人瑞"。

对围棋事业做出革命性贡献的大师吴清源一向多病。但他却说自己要活一百岁。出生于 1914 年 6 月 12 日的大师在 2014 年 11 月 30 日仙逝，实现了活到一百岁的愿望。

从大师的百年我们应该明白，只有心中有了目标有了追求，才有可能到达目标，完成追求。

人的一生，追求长度之外，也要追求高度。长度即是纵向，是历史性地关联过去、现在和未来；高度即是立向，超越时间与空间，追寻信念与信仰。

个人如此。企业也是如此。

展示厅里时光廊每一个方块的年份，都标志着老板电器公司的重大事件，1979 年创业。1989 年注册商标。2010 年是老板电器公司上市的年份。2012年中国厨房电器创新产业园落成。其他诸如1991年、1999年、2003年、2006年、2007年，一个个年份所呈现的发展史，在此不一一细述。

让我感到不解的是，2013年、2014年这两个年份没有出现在这个时光廊中。

而这两年对老板电器公司来说，有着一个又一个的闪光点：2013年，公司零售量和零售额的增长均大幅超越行业平均增长幅度，共实现营业收入26.54亿元，同比增长35.21%。主力产品吸油烟机和燃气灶零售量、零售额市场份额持续保持行业第一。在"双十一"实现了单日销售额7600万元，同比增长300%以上。生产中心以募投项目"年产100万台厨房电器生产建设项目"和"年新增15万吸油烟机技改项目"建成投产为契机，首次采用两班制来满足快速增长的市场需求。技术中心获得国家认定企业技术中心、"精控高效低排放燃烧器"项目成功入选国家火炬计划、8218大吸力油烟机获年度设计创新大奖。公司董事长当选年度风云浙商。公司连续八年荣获"亚洲品牌500强"……

在老板电器公司的微信公众号上，2014年的最后一天有个《2014，老板电器公司和这个世界的故事》，列举了老板电器公司在这一年的十几件大事，其中9月16日是全球第一台搭载ROKI智能系统的大吸力油烟机发布，ROKI全称为Robam Kitchen Intel ligence(老板电器公司厨房智能系统)，"ROKI"不仅是2014年9月发布的智能厨电系统的名称，还会成为未来老板智能厨电系列的统一概念。老板电器公司预见未来智能厨电的产业布局就在建立智能烹饪生态圈，让智能化与科技感成为智能厨电发展的主流。截至2014年3季度，销售收入24.93亿元，同比增长36.74%，利税6.09亿元，同比增长49%。

而我在展示厅，没有看见2013年和2014年的精彩。

了解到展示厅的两个时间点之后，我一下子释然了。原来这个展示厅最早于 2004 年 10 月份开放，在 2013 年 6 月进行了重新装修布展。其实有关 2013 年的许多亮点还来不及进入展示厅。至于 2014 年的亮点么，更加来不及啦。这也真正印证了那句话：历史是人创造的，只有创造了历史，才会有历史纪录。

我相信，再次来到展示厅，就会看见 2014 年作为信息经济元年，正在着力打造智能烹饪生态圈的老板电器公司的众多大事件。

当然，对于尚未到来的 2016 年、2020 年以至 2029 年，年份的下方都没有任何文字。

唯独 2079 年，也就是老板电器公司成为百年企业的那个年份，下面有字突显出老板人的梦想："成为中国竞争力最强的专业厨房电器百年企业。做有社会责任的百年企业。"

这就是老板电器的目标，也是全体员工的追求。

无论时光怎么样变迁，人们对梦想的追求是永恒的。虽然老板人追求梦想的道路才行进了三分之一。但只要努力坚持，就会离梦想越来越近。时光廊里雕刻梦想，关键是有人在行动、在雕刻。一如我看到的一个个"老板人"的所言所行。

中篇：浸淫文化于体验馆

我又一次站在这块大石头前，"厨源"两个蓝色的大字不断撞击着视网膜，也不断撞击着心灵。竖排的蓝色小字提示站在石头前的每个人，"传承良渚文明之源"固然是"厨源"之义，而"驱动现代厨房之源"更加是"厨源"的今天和未来。

推而广之，"厨源"的内涵和外延已然不仅仅是老板电器公司的企业文化，也有可能在某些方面影响当代人的一些生活方式。

良渚，不仅是华夏文明的起源之一，也是中国烹饪文化的起源之一。烹饪，是人类最原始的文明。相比西方的烹饪文明，中国烹饪文化源远流长，博大精深，它独特的民族特色和浓郁的东方魅力，让世界惊叹。作为中华瑰宝，五千年的中国烹饪文明需要延续，更需要传承与发扬。

距今 5000 年的良渚文化，是世界上最早的大规模犁耕稻作农业的起源地，由此，以良渚文化中黑陶为代表的人类第一代烹饪饮食器具得以快速发展。人类对食物从仅仅果腹的简单需求，增多了些文化元素。

和老板电器公司同在余杭区域的良渚博物院中，一直展示出良渚人的食器黑陶豆、炊器黑陶鼎、水器黑陶壶。食器、炊器、水器都是良渚文化那个年代的说法，翻译成今天的普通话，就是吃饭用的碗盏和烧饭用的锅碗瓢盆以及喝水的茶杯水杯。位于良渚文化之地的老板电器，拥有一家厨房文化科技体验馆"厨源"。设计方案的空间形式取自于良渚文化陶罐的特征，饱满、圆润，同时又观照到当代人的审美标准。

2012 年 8 月 17 日，公司"厨源"在老板电器公司总部揭幕，以四季更迭为主线，体现了人与自然的和谐统一，并向更多的人诠释了中国 5000 年的烹饪文化发展史。

前次参观"厨源"时，我曾经有点惊艳于入口即可见的那个圆形东东——中间圆盘白色的房屋建筑，据说是按比例缩小，也就是说这个模型就是中国厨房电器创新产业园的微型版。边上那变幻舞动的图案，时而如水墨时而似青花，洋溢出文化的底蕴。

而一墙来自中国各地的泥土和种子，告诉参观者厨房的本源，其实在大地生长的万物。

溯源穷流，老板电器探究和追溯事物原由的精神可嘉。

场馆命名为"厨源"，意义来自"三源"：传承良渚文明之源；驱动现代厨房之源；研发自主创新之源。并由此让每个家庭都享受到由精湛科技带来的轻松烹饪。

展览分为八大板块，既有春生、夏长、秋收、冬藏的四季轮回，也有投影画面呈现出不同年代的烹饪场景，以勾起到访者对快乐厨房、快乐烹饪的记忆和畅想。

"春生"作为进入展区的首个展示空间，以一犁春雨、一抹春泥、一潭春水作为内容，表现春雨连绵、万物生长的勃勃生机；空间中庭展示"夏长"，仿生绿草丛看上去比真正的草更加绿茵茵，彰显出夏的生长旺盛；"秋收"呈现在参观者眼前的是一片金黄的麦田；"冬藏"是一年的总结。弧幕影院的影像让人们穿越时空，体验不同时代的烹饪文化。

我听到参观者不绝于耳的称赞。能把企业文化做到这份上，也够用心用力的。

这次再到"厨源"，却遭遇闭馆休整。因为开馆两年多了，设施需要检修。就像呈现水墨青花的那一圈水，早就该洁净更换。

没有其他参观者，没有声光电的耀眼，让我能够更真切地感受。虽然少了互动，有点算不上体验。

要真正能够体验到"精湛科技，轻松烹饪"的，还是在那个发布会上。

随着互联网的发展和 WIFI 的普及，智能家电纷纷走进人们的生活。2014 年 9 月 16 日，老板电器公司"预见·下一代大吸力"新品发布会在杭州举行，据说是全球首台搭载 ROKI 智能系统的大吸力油烟机正式发布。老板电器公司"预见"未来厨电智能布局中 ROKI 将引领厨房进入智能新时代，真正实现"精湛科技，轻松烹饪"的追求，实现智能厨电从"看上去很美"到"用起来更美"的本质跨越。

岁月荏苒。"80 后"、"90 后"年轻人逐渐成为厨电产品的消费主力，其对产品智能化的要求不断提升。对于劳累工作的年轻人来说，便捷轻松地解决一日三餐是梦寐以求的愿望，除了智能烹饪导航，ROKI 智能安全系统实现手机 APP 智能提示功能，用户不但可以远程查看烹饪状态和所剩时间，还能在忘记关火时自动推送关火提醒。配备了 7 英寸高清触摸屏，四核 1.3G 处理器，精度可以与 ipad air 相媲美，而且有 WIFI、蓝牙、3G 等连接技术。新一代烟机的动态菜谱功能，自动调节火候、风量以及烹饪时间，让不善烹饪的人也能做出美味佳肴。由此看来，ROKI 智能烟机已经开始重塑用户的操作习惯。

发布会现场，王强用"智能烹饪导航系统"，烹饪了一道"牛肉芒果粒"，生动形象地拉开了厨电企业与互联网技术的跨界融合大幕。

大家都说厨房是家庭除了客厅之外的另一个中心。如何在厨房中将互联网技术更好地运用到烹饪当中？烟机今后只是一个吸油烟的工具还是有可能成为智能厨电生态圈的中心？

王强的介绍在某种程度回答了这些问题："今后，在下班回家之前，就可以掏出手机，选择晚上要做的几道菜，回到家可以到小区的服务站拿到食材，或者超市提前配送到家，再用 ROKL 系统烹饪，一切都非常方便。"

2014 年 12 月 23 日，我采访王强时问："'小米'和'美的'在 12 月 14 日发布联手发展智能家电生态链，这个信息对老板电器正在打造的智能烹饪生态圈会有怎样的影响？"

王强给我的回答是："在中国，智能家电行业有最大的两家带头企业。"

我以为他想说的两家是老板电器公司和方太。

但王强笑笑否认："不仅仅是油烟机而是智能家电。"他认为，智能家电这一块在全中国做得最大的是美的和海尔，因为这两家企业的产品几乎包括所有的家庭生活电器，而老板电器公司重点在厨房家电。

以王强所见，目前中国智能家电这一块非常需要有引领者，这样才能把互联网接入家电，真正做到引领潮流。

2013年，老板电器公司加大产品开发力度，研发费用支出同比增长46.48%。

王强告诉我，智能家电很重要的一条，是物与物的互相连接。我立马想到了当下中国十分流行的一个词，互联互通。

说到是否应该出台家用电器强制报废的国家标准？王强认为，这个说法有点理想化，却不太符合当今中国社会的实际。

王强把玩着手中的苹果手机问："这手机需要某个部门来强制报废而更新换代吗？"（2015年1月5日，王强在微信朋友圈发了一个"当古老书法遇上苹果LOGO，杭州首家苹果零售店开业在即"。他发送"这一刻想法"只有两个字"期待"。）

我笑而不答。因为答案是肯定不需要。

确实，对果粉来说，只要有点升级，都有千百万拥趸者立马的换新，以致坊间会有"卖肾"之说。王强对此的总结是："让品牌的功能点、利益点吸引用户，心甘情愿地更新换代。"

那场发布会上，为什么王强用平板电脑操作"牛肉芒果粒"而不是更加传统的菜肴？我分析第一，年轻人喜欢这道菜；第二，这道菜有点中西合璧，不像传统中国餐那样工序复杂。

王强说我基本上分析正确。菜是在团队的小年轻当中征求意见后选中的，确实这道菜烹饪过程比较简单。

现在大多数年轻人结婚后小家庭很少开伙，或是在单位吃食堂，或是在外面上馆子，更多的是回父母家蹭饭。这样的家，少了一些做饭的味道和乐趣。

地道的杭州话中有一个词叫"倒灶"，意思是以前每户人家开伙过日子都要用灶头。灶倒掉了，也就意味着这个家没有了。

年轻人成家后之所以不烧饭，关键有两点，一个是不会做菜，一个是会做的菜式太少。番茄炒鸡蛋、鸡蛋炒番茄，翻来覆去就是这么几个菜，没几天就吃腻了。

王强说自己是画画出身，大学的专业是工业设计，而做菜是他的业余爱好。他说自己这个技术总监，从某个角度来理解，就是更加侧重于用户体验。

用户体验通俗来讲就是"这个东西好不好用，用起来方不方便"，当代人买产品，有一个标准就是方便、偷懒。

说到做菜，王强的体会有两个难点比较把握不准，一个是火力的大小，另一个是时间的长短。现在，他们打造智能家居生态圈，就是把互联网技术引入厨房，让火力大小和烹调时间标准化，帮不会做菜的菜鸟在 DIY 中享受到烹饪的乐趣，并小有得意地晒到微信朋友圈里，这样才会有成就感。

在王强他们的计划中，智能烹饪生态圈是为所有的人服务的，强调"自动、互动、感动"的体验。这三个"动"，自动着重于方便，有遥控；互动就是物与物之间的联系，以后老板电器的厨具，能够由炉台上火力的大小来控制吸力的大小；至于感动，以前老板电器公司提的口号叫"回家吃有爱的饭"，也就是家人能够每天在饭桌上团聚，现在改了一个字，由"吃"改成"做"。也就是说，年轻人下班回家，不是一人在厨房忙乎另一个在客厅等着吃饭，而是两个人一起进厨房，一起分享做饭的乐趣。正是这样在油盐酱醋的平淡中，商量着把生活过得更加有滋有味。

随着国内环境问题的日益严重，以及国民环保意识的不断增强，厨电产品的环保化趋势必将日益明显。

由此我提出："为什么发布会推出的还是'大吸力'？是否应该倡导一种'轻油烟、小吸力'的更加环保的厨房生态环境？"

王强回答说，"大吸力"是很接地气的用词，中国家庭炒菜就喜欢重油爆炒。现在中国厨房的最大问题是油温过高，产生极大的油烟，智能烹饪生态圈就是要做到精准地控制油温而减少油烟。至于"轻油烟、小吸力"，应该说是老板电器公司的一个目标，但目前做不到。不是技术上做不到，而是由于中国的国情不朝这个方向走而无法做到。

王强告诉我，"ROKI"不仅是此次发布的智能厨电系统的名称，未来还会成为老板智能厨电系列的统一概念。而搭载平板电脑的油烟机预计在 2015 年会推向市场。

在老板电器公司的模拟厨房，我看到了这台搭载 ROKI 智能系统的大吸力油烟机。如果说它和普通的吸油烟机有什么不同的话，那就是原本一排控制风力和电灯照明的按钮处，现在嵌入了一台平板电脑，7 寸超高清全彩触摸屏，界面上可以显示每个烹饪步骤，可以根据菜单自动调节灶具火候和烟机风量，吸油烟的风力和照明灯都由智能控制。

我说用自己的 IPad 或手机可以操作吗？因为现在几乎每个人都有这些。

王强回答可以呀。他指着灶台上一个有机玻璃架子告诉我，这就是准备摆放用户自己的平板电脑的。他随手在自己的手机按了几下，油烟机上的风力和照明立马开启。但为了安全，点火还是人工手动。

这间模拟厨房体积够大，长长一排炉具还有橱柜消毒柜。但这里和一般家庭厨房不同的是，墙上贴着几张很大的纸。我走近看，上面写着"菜谱数据"，上面有两只菜，一只是"酥皮茄子"，另一只是"彩椒芦笋"。

平凡如炒菜，只要贴上数据的标签，那就是条分缕析，精准到位。

我看到一张大纸上，横竖被画分成很多条块。我数数居然有 15 行 10 列，还用黄色荧光笔标出重点。第一行是"菜名：彩椒芦笋、菜系：浙菜系"；第二行依次分别是"步骤、厨具、电磁炉功率、燃气灶档位、油烟机风量、温度、时间、小贴士"等，食材一栏也分门别类写清楚：主料芦笋 200 克，配料黄椒 30 克、红椒 30 克，其他：盐 2 克、清水 1000 毫升、色拉油 20 毫升。烹饪方式一栏有炒、煲、炸、煎等 19 种，每一种方式都用一个小"□"注明；厨房用具这一栏里，光是锅铲就有长柄、短柄、竹质等 10 种……

不由自主我大发感慨，这哪还是炒菜啊，分明就是做实验的节奏啊！

如果说模拟厨房还是少数技术人员的实验，老板电器公司还有让更多人分享的大厨房——2010 年 4 月，"创想厨房新生态"老板厨源文化烹饪体验馆在杭州大厦启幕。

这可是寸土寸金的闹市区。一座过街天桥连接起杭州大厦的 B 楼和 C 楼。体验馆就在 C 楼坤和大厦一楼，临街一侧只有"老板电器"四个蓝色的大字，西向门面上方是老板电器公司蓝底白字的 LOGO。

平时我经常走过这个地方，但很少进去。2014 年 12 月 27 日，周六，下午。杭州大厦的过街天桥上，来往人流摩肩接踵，熙熙攘攘，以至于过街天桥的扶手电梯，远远望去，尽是移动的人。

走进烹饪体验馆，和门外的热闹相比，馆内显得过分安静。

吧台上的雪人玩偶和圣诞树摆设以及彩灯还衬托出圣诞节的气氛。这里与其说是一个体验馆，不如说更像是大户人家的餐厅和厨房。说是大户人家，是因为长长的餐桌两边各摆放着 10 张高背椅，看起来很是典雅舒适。可惜现如今在中国这样的大户人家不太多。两个独生子女结婚生子，算上双方的父母亲再加七大姑八大姨，才有可能坐满这张二十来人的大餐桌。

而体验馆里厨房电器一应俱全，电磁炉，电压力煲，微波炉，油烟机，碗柜橱柜几乎都有，想必是为不止一个用户准备的。

和一般的商场卖场或者是旗舰店不同，这里的所有厨具都没有价格标签。

这就印证了馆里 MM 所说的："我们这里不零售，所以大部分人进来看看就走了。"

赵姓美女告诉我，由于不卖产品，没有体验活动的日子人不多。

问她最近搞了什么活动，她回答说，圣诞节请了上海的美食家来做讲座，和用户一起分享烹饪的快乐和开心。

再问，这样的活动搞得多吗？她回答，圣诞节搞活动不是一次而是连续三次。

后来我加了"老板厨源文化烹饪体验馆"的微信公众号，点开看到这里的用户体验活动还真不少：2014年12月6日，"有爱的饭"烘培课堂圣诞第一波，特浓巧克力蛋糕；12月20日，圣诞第二波，拿破仑；12月24日，圣诞第三波，西兰花圣诞树。

我看几乎每个周末都有用户体验活动。从2014年1月5日到12月26日，一年举办了58次用户体验，每个周末美食老师都会来烹饪体验馆，为热爱烹饪与烘焙的朋友们带来精彩纷呈的DIY活动。尤其是在一些比较有意义的日子——

世界上只有一次是2014-5-20（爱你一世我爱你），在这特别的日子里当然要有一份特别的甜品，层层的咖啡巧克力和提拉米苏交织出极致美妙的滋味，如同爱情一样甜蜜细腻，在这特别的日子里，将这特别的爱送给特别的她（他）吧；

19年一遇的双节——元宵节＋情人节，注定让这一晚的浪漫包裹着浓浓的爱情与亲情。在这个特别浪漫的双节里，在爱的小屋里与亲人爱人围坐一团，吃着"有爱的汤圆"，老妈爱人都圆满啦……

时下各行各业都流行体验馆。确实用户体验是用户在使用产品中建立起来的纯主观感受，据说，老板电器公司在杭州最繁华的武林商圈开设烹饪体验馆，是为了让更多的人从只知"食有道"走向"食而知其道"。200平方米体验空间，让大批吃货们多了一个交流分享的活动平台。

而我以为，老板电器开设科技文化体验馆和烹饪体验馆之目的，往大处说，是为保护和传承中国的烹饪文化做贡献；从小处看，也就是让更多的人都够在家烧饭给亲们吃，那就有可能用到老板厨电。

虽然烹饪文化看似平常，其实内涵却丰富高深。在这里，厨艺只是看得见的表层，而更深层次的看不见的还有更多。比如修身养性。比如品牌认知。

不止一个人对我说过，品牌是无以言说的信任。品牌是潜移默化的影响。听时我有些不以为然。

但看到孩子们在DIY饼干蛋糕时的笑脸，我似乎明白了品牌的力量，明白老板电器公司为什么要花大钱在市中心开办这个体验馆了。看来这关乎赢得和引导许许多多的幼小心智。

这几年在体验馆开心做饼干蛋糕、吃大餐的男孩女孩，年龄大多在十岁之下，有几个不过五六岁。

让我们一起穿越到未来——这些被老板电器公司的烹饪文化浸淫过的小朋友，一如那个左手拿着蓝色老板电器LOGO右手放在耳朵边打出"V"字的小姑娘、那个把蓝饼干堵在自己嘴上作飞吻状的小男孩、还有那个把彩色面饼盖住脸的小萝莉，再有那个满脸沾着奶油的胖小子……还有更多的来这里体验过烹饪乐趣的小孩。当二十年后他们成家立业配置自己的厨房时，说不定眼前首先浮现出来的就是这片蓝和白。

即使进入2079年，他们也还是不到80岁。在他们长长的人生道路上，有关厨房的记忆，很可能经常性地闪现着这片蓝和白。因为这片蓝和白有着他们第一次DIY美味使用厨房电器时的全部感受，包括情感、喜好、认知印象等各个方面。

这是小朋友对厨电最初的用户体验。而这份宝贵的最初和这片蓝白的文化密切相连。

下篇：传承精神看老虎钳

在老板电器公司总部的黑楼和白楼，一楼都摆放着一把巨大老虎钳的雕塑。

在人们印象中，老虎钳的形象，总是黑乎乎的不那么亮丽。

而我在老板电器集团，看到的所有老虎钳的形象，都是金灿灿的。尤其是这个老虎钳雕塑，放大了的老虎钳通体金黄，看起来非常的耀眼，造型线条毫不生硬僵直，还有些动感元素。雕塑高度超过两米，整个老虎钳材质为不锈钢，经抛光、打磨、防锈处理后外贴 24K 金漆。基座为不锈钢外加黑烤漆。

在雕塑的黑色基座上有一些字：三把老虎钳，分别代表着责任、务实、创新。

金灿灿的老虎钳，是老板电器公司一直倡导的老虎钳精神的形象体现。

或许有人会问，当今世界已经进入互联网时代，老板电器公司的产品都已经是智能化了，还需要老虎钳精神吗？也有人说，老虎钳这样的普通工具，和"老板"的社会地位以及品牌形象格格不入。

而我以为老板电器公司能够发展到今天，并且能够走下去、走到 100 年，这老虎钳精神是必不可少的精神支柱。

我前次到老板电器公司，是 2013 年的 11 月底。我在大厅看到一块块连成排的展板，上面贴有"重塑艰苦奋斗的老虎钳创业精神"，还有首届老虎钳杯企业文化辩论赛参与人员的熠熠风采。旁边的讨论专区展板上，贴着一张张整齐的发言稿。

一块展板上都是老虎钳突击队队员的光辉形象和口号，大红底色上白字看上去很突出，而更加抢眼的是那把金灿灿的老虎钳。这几十张照片，有单个的工人在操作，也有十几个人一起表决心，照片上面写着一排"无论如何 想尽办法 全力以赴 使命必达"，应该是员工们面对困难时的精神风貌吧！边上密密麻麻的小字是老虎钳突击队员的学习心得摘选。

另一块展板上，贴着一份又一份的倡议书，每份上都有少则十几人多则几十人的签名，字迹有的歪歪扭扭，有的端端正正，有的洋洋洒洒，都是每个人的亲笔。

那段时间也即 2013 年下半年，老板电器公司发布了第一本企业文化蓝皮书。序言中有这么一些话：为了让公司持续健康发展，有必要厘清观念，统一思想，因此制定《老板之"道"》，这是全体老板人的智慧结晶，是全体老板人的精神指引，也是公司永续经营的生存哲学。它所包含的意义值得全体老板人深刻领悟，并以此为自我成长的行动纲领。

蓝皮书是开本很小的小册子。标准色蓝色为底，封面上是白色的 LOGO 和字。翻开来看到第一章是"我们的梦想"——我们是一群平凡的人，但我们做着不平凡的事：把中国悠久的饮食文化与先进的科学技术相结合，让每个家庭都能享受到由精湛科技带来的轻松烹饪。企业愿景是成为中国竞争力最强的专业厨房电器百年企业。

在老板电器公司的企业文化论坛中，我看到有《蓝皮书十二问》，以一问一答的形式，梳理了蓝皮书的全部内容——问：我们的价值观是什么？答：艰苦奋斗的老虎钳创业精神；问：老虎钳精神包含哪三个面对？答：面对机会时的创新，面对风险时的责任，面对资源时的务实。这样的问答虽然有些儿科，却是易学易记，方便员工牢记并执行。蓝皮书把"艰苦奋斗的老虎钳创业精神"奉为全体老板人的精神内核。

在蓝皮书的"附则"中，写着"任何的文化都必须与企业发展相匹配，公司每年会对其进行一定的完善，每三年进行一次大的修订"。

一年后的 2014 年 11 月，老板电器如期发布第二本有关企业文化的小册子，上一次是蓝皮书这次叫白皮书，再次吻合企业的蓝白标准色。

白皮书把主题集中在艰苦奋斗的老虎钳创业精神行为规范。有别于蓝皮书纲领性文件的作用，白皮书细化到员工的具体行为，是企业文化考核的标准，需要全体老板人认真学习并参照执行，在日常行为中，牢固树立艰苦奋斗的老虎钳创业精神。

这本白皮书开本上比蓝皮书大了一倍，犹如一本 32 开的书。形式上做得非常卡通，目录一反所有书本中规中距的横排竖排，而是用卡通人走过的路，标出了第一章、第二章、第三章。

翻看序言，一个像吸油烟机外罩的卡通人，头顶两片绿叶，身上穿的衣服当然还是蓝白两种标准色，还有那个 logo。为了和红红的嘴红红的腮相呼应，卡通人还穿上了色彩鲜艳的红靴子，带上了金黄手套。

序言中说，发展是企业永恒的主题，文化是企业发展的燃料，文化不息，发展不止。公司已经出台企业文化的理念体系——《老板之"道"》，然而文化不仅需要理念，还需要与之相适应的行为规范来具体落实。公司的核心价值观是艰苦奋斗的老虎钳创业精神，白皮书是核心价值观的具体行为规范，它包括老虎钳精神三核心，艰苦奋斗工作作风八规定，创业精神五意识。

我看这本行为规范，很像在看一本童话小书，里面所有"我们提倡，我们反对"的行为规范，都是用有情节的画面来表达。

据说白皮书修订的过程中，全体老板人对内容进行了认真而深刻的讨论，提出了切实有效的意见，数量达一千多条。白皮书编委会对每条意见都进行了仔细的探讨和研究，直至找到最合适的表达方式，历经六个月，将近二十次的全盘修改，最后形成了近六千字的行为规范。

从有关资料中我了解到，这些参与修订的编委成员来自公司的各个部门：杨国强是搞财务的，也有生产第一线的比如市场科的何华伟，卢仙岳是资源开发科的，张舟所在科室的名字有些拗口，叫烟机机构科。编委会成员的多元化，直接体现了老板人对行为规范的全员投入。

那天，我再次来到老板电器集团。俞佳良陪我结束了对王强的采访，从黑楼走向白楼，到他办公室去拿蓝皮书和白皮书。

出电梯就看见三块展板，上面写有"老虎钳""标杆"等大字。

左边那块是单个的女性形象。她胸前挂着工作牌，身穿黄色工作服，手上拿着一个打开的本子和一支笔，那应该是她的工具吧！展板上的字告诉我，她叫王国娟，是公司生产中心品质保证科的员工。这位看上去很年轻的女性，应该是个做事极其认真的人，因为她的座右铭是"一颗螺丝钉也不放过"。在她形象的旁边，是竖排的三个大字"老虎钳"，用的还是企业标准色蓝色。一旁红底泛白的"标杆"两个字就显得非常醒目。即使是在王国娟大面积黄色块工作服的映衬下，展板下方一角那把金灿灿的老虎钳，还是分外抢眼。

左边那块展板上和王国娟那块遥相呼应，也是竖着写的"老虎钳"三个大字，只是人物形象有两男一女。都是非常年轻不到三十的青春面孔。他们是高新技术申报团队，他们的格言是"动人以行不以言"。展板下方一角那把金灿灿的老虎钳，和红底泛白的"标杆"两字互相辉映。

中间那块展板人最多。一排站着一排坐着，点点人头居然有十个。这块展板上"老虎钳"三个大字横着写在上部，这十个人是ROKL发布团队，那位小巧玲珑的美女站在中间，九男一女正好形成众星捧月的视觉效果。他们喊出的口号是"为了同一个梦想"。展板一角那把金灿灿的老虎钳，依然最抢眼最醒目。

在这里，老虎钳似乎有些被神化。

在这里，老板人对老虎钳不仅仅是尊重，更有一份敬畏。

俞佳良指着中间那块展板对我说："这就是王总他们团队。"

因为刚采访过王强，所以我一眼就看见坐在最中间笑呵呵的王强。

出于职业习惯，我用 IPad 分别拍下三块展板。

当我把照片导入电脑并大屏细看时，才发现左边那块展板上两女一男中的小伙子就是俞佳良，他们是两个标杆集体之一的"高新技术申报"团队，另一个就是王强领衔的 ROKL 团队。

我不由得想说俞佳良一句："嗨，你这个人真是的，这么光荣的事当场也不告诉我。"

在微信上我问俞佳良："那天我们在电梯旁看展板，咋没告诉我你是公司级的标杆啊？"

他没有回复我。

过了一会儿通电话时我又问，听到的只是他"呵呵"的笑声。

换个角度我就在 QQ 上问他："展板上那句'动人以行不以言'是你想出来的吗？有什么特别的意思？怎么会想到用这句话做口号的？"

这次有反应了。QQ 上回复过来几句话："这句话其实也没有什么特别的意思。是人力资源给我们团队做标杆宣传时的一个概括。主要是我们公司提倡务实的工作态度，不讲大话。"

在和俞佳良的接触中，我觉得这位"80 后"的（1989 年出生）年轻人是个干实事的人。

再仔细琢磨"动人以行不以言"这句话，还真有些意思呢。

这句话的本意在于讷言敏行。伟人毛泽东给两个女儿取名李敏和李讷，"敏"与"讷"就是出于《论语·里仁》中的"君子欲讷于言而敏于行。"从名字中可以体会出毛泽东希望女儿长大要做多干实事、少说空话的人。确实，我们不能做"语言的巨人，行动的矮子"，少说多做，对所有人都是至理名言。

我知道俞佳良代表高新技术申报团队，在 2014 年 11 月 28 日的白皮书发布会上做过典型发言。于是向他要来了发言稿。看了他的发言稿，更加感受到他的实在——"我们团队所取得的成绩已经是过去式，我也不再赘述。"对成绩居然一字不提。

我到老板电器公司总部采访，已是时近 2014 年年底。原来我想开座谈会听员工们谈谈企业文化，可看到大家都加班加点在忙，也就作罢。而俞佳良的发言稿，倒给我提供了一个样本。于是节录如下：

"我（俞佳良）认为，老板电器公司的企业文化是看得到摸得着的，我说的看得到的企业文化不是我们强大的文化宣传体系，而是公司老一辈创业者的言传身教。无论是我们董事长朝八晚五按时上下班，还是总裁经常要求的多发电子版材料少浪费纸张，细节才是体现精神品质的有力证明。正因为有了公司高层的上行，才有我们员工的下效。上行下效，形成企业文化良性发展的合力，才有那么多的标杆员工和标杆团队，才有今天的白皮书发布会。

谈到学习企业文化，我想更多的是去理解，去体会，去认同。高新技术企业申报的那一个月，我们确实很辛苦，但是大家都没有怨言。为什么没怨言？是出于对企业文化的认同，因为认同，所以奉献。在我们践行艰苦奋斗的老虎钳创业精神的同时，我们也在不断创造、丰富企业文化，这就是传承。从这个角度来理解，其实老板文化，是由我们每一位员工创造的，身为老板的一员，我感到十分骄傲和自豪！在今后的工作中，我将以艰苦奋斗的老虎钳创业精神行为规范为工作指引，爱岗敬业，顽强拼搏。"

"艰苦奋斗的老虎钳创业精神"这一提法，我不仅仅在俞佳良的发言稿中看到，在老板电器公司的宣传展板上看到，在 2013 年上市公司年报中也看到。

关键不仅仅是看到这些文字。更重要的是，我看到全体老板人传承这一精神的行动。

当我码着这些文字时，世界已经进入 2015 年。

老板人距离百年企业的目标又接近了一些。

新年伊始，老板电器公司冠名央视《新闻1+1》和《24小时》两档节目。其实在20世纪90年代初，老板电器品牌已经登陆央视。此后，老板电器公司每年都在央视上露脸。

2015年1月初这些天，我看这两档节目时，发现紧跟着老板吸油烟机广告之后是方太油烟机的广告，还有酒、药和冰箱的广告出现在《24小时》的新闻前。而《新闻1+1》这段时间都在做岁末年初的回顾《2014新闻年鉴》，但在老板电器公司的广告后也有至少4个其他广告。

我心中泛起了不懂：不是说独家冠名呈现吗？怎么还有这么多的分享者呢？

不过央视播出的那句广告语"在中国，平均每一分钟就有家庭选择老板电器的大吸力油烟机"，却引起了我的兴趣。我较真地做起了计算：每分钟一台，一个小时60台，一天24个小时1440台，一年365天525600台。这么算下来广告语还真不是忽悠人的虚话。因为截至2014年3季度，老板电器公司各品类产品销量近400万台，其中吸油烟机销售量110万台。这么算起来，平均每一分钟一台是只多不少的哦。

我这些文字所记录的，仅仅是老板电器公司发展中的一些片段；我所直接和间接采访接触到的，也仅仅是老板电器公司众多员工中的几个人。

但是，正是透过这些事件和这些人物，我知道，在创建百年企业的路上，全体老板人，就这样，走向2079。

敢上九天揽月，敢下五洋捉鳖。

在余杭经济技术开发区

有这样一群敢闯敢冒的西奥人，

他们胸怀凌云志，登高揽明月，

托起了电梯行业的民族品牌。

直挂云帆上九天

Plough the Waves to the Highest of Heavens

——杭州西奥电梯有限公司跨越式发展纪事

赵仁春

这是一方投资的热土，这是一个创业的平台。杭州西奥电梯有限公司就坐落在这方热土的最东端。

踏上杭州西奥园区，小草菁菁，绿树成荫，清风扑面，一幢幢楼房窗明几净，高达 120 米的 8 井道电梯试验塔犹如冲天大柱耸立在园区中央，一群颇具灵性的红鲫鱼在公司为其建造的"水立方"里自由自在地玩着"花样游泳"，处处呈现出一派生机盎然的景象。

成立于 2004 年的杭州西奥电梯有限公司，在飞速发展的经济浪潮中已走过了整整十个年头。10 年，在时间的长河中只是短暂的一瞬间，然而，西奥人一步一个脚印，一年一个台阶，青云直上，创造出了骄人的业绩：2014 年实现销售额 26 亿余元，上缴税收 2 亿余元，以 46% 的年增长，成为电梯民族品牌的领军者。

上篇：十年磨一剑

让我们把时间拨回到 10 年前的 2004 年春天。

　　杭州西奥成立之初，正值国有企业加速兼并期，浙江民营经济发展鼎盛期，实业兴邦创业浪潮如火如荼。

　　此时此刻，嗅觉灵敏的西奥先驱们，紧紧抓住市场发展的脉搏，凭借专业领域的优异表现，描绘出了开创国际一流电梯品牌的宏伟蓝图：其一，在我国推进新型城市化进程、加强城市基础设施建设和房地产行业突飞猛进的背景下，电梯行业拥有前所未有的发展机遇；其二，电扶梯是城市基础建设，特别是经济动脉——地铁和高铁站点不可或缺的配套产品，市场空间非常之大；其三，国内电梯企业上规模的不多，屈指可数，远远满足不了市场需求，更为重要的是，打造电梯行业民族品牌，匹夫有责。

　　决心既定，驷马难追。为了确保产品在市场上站稳脚跟，公司将品质视如生命，自觉恪守产品务求安全可靠、节能环保的职业底线，矢志不渝地坚持"诚心赢天下"的经营服务理念，并把这五个大字作为企业的立身之本，高高地张贴在办公大楼的大厅里，印刻在全体西奥人的脑海中。

　　西奥人说得响当当，做得更硬梆梆。从创业的第一天开始，年轻的西奥人就始终恪守"以客户满意"为第一标准，发扬蚂蚁啃骨头的大无畏精神。无论是工程设计、安装还是调试，敢于拼搏的杭州西奥人样样自己动手，没有条件创造条件上，有时为了迅速保质完成安装项目，员工们就吃住在工地，一天两班倒着干。"功夫不负有心人"，杭州西奥高效的服务名片从此扬名于"江湖"之中。

　　在市场定位上，西奥人站得高，看得远，不满足于一城一池的得失。概括起来是八字战略："立足本土，面向全球。"既打阵地战，也打运动战。现在，无论在西南边陲，还是在北国重镇，都有西奥电梯在不停地运行，给人们的生活带来种种便利。享特国际金融中心总高 290 米，共计 64 层，享有"贵州第一高楼"和贵阳城市中心巅峰地标之称。由杭州西奥公司为其提供的多台高速电梯，享有能源再生技术功能，让楼宇供电网络绿色低碳运行，实现生态办公、高效办公、舒适办公，使享特国际金融中心的档次得到全方位提升。翻开由公司编辑的《沃德》——"十年情，志共赢"精美画册，一组组数据，一张张图片，格外耀眼夺目：西奥电梯凭借多种类产品，已为全国多所高校、多所三级甲等医院、多所国家级体育中心提供了安全可靠的承载体验，上海国际中心、同济大学、浙一医院、广州奥林匹克运动中心跳水馆等城市地标性建筑均配备西奥电梯。在高铁领域，西奥的电梯扶梯也占有一席之地，成功服务于国家"四纵四横"、郑西高铁、海南东环铁路等战略性交通要道，成为当地现代化建设的强大引擎，在全国范围内树立了响当当的电梯品牌。

正是凭着执着和坚守，十年来西奥的发展速度是惊人的。公司成立第一年完成台量 200 多台，第二年就攀升到了 600 余台，至 2013 年，年销量一举突破了 2 万台大关，2014 年又朝着更高的目标发起冲刺，10 年增长率超过了 100 倍。公司的生产场地也扩建了三次，从狭小的门市部到拥有集设计、研发、制造于一体的经营场所，再到进驻国家级余杭经济技术开发区；面积由创业初期的 300 平方米扩大到了占地 160 亩的花园式生产基地，并拥有高达 120 米的 8 井道电梯试验塔和世界先进的设计、研发、制造、检测设备。这跨越式的发展无不凝聚着西奥人发愤图强的决心，人们从这里看到了打造世界级电梯工厂的曙光。

然而，创业总是艰辛的，西奥在前进路上也充满着坎坷和挑战。创业初期，一缺场地，二缺技术，靠租赁杭州新塘路上一家 300 平方米的商铺起家，可谓螺蛳壳里做道场，施展不开。虽然面临创业初期人才不足、设备缺少的困境，但执着的杭州西奥人并没有因此而泄气，反而越挫越勇，卯足了劲，凭借着有效地资源整合和完善的服务保障，终于在激烈的市场竞争中成功地树立起杭州西奥"超越满足客户期待"的品牌口碑，市场竞争力与日俱增。每每回想起创业初期那段难忘的经历，每个西奥人都格外珍惜今日杭州西奥成功之不易，深感肩负责任之巨大，未来任重而道远。

十年磨一剑，一朝试锋芒。西奥人在一张白纸上画出了耀眼夺目的壮丽蓝图。公司不仅具备国家 A 级特种设备制造许可资质以及 A 级特种设备安装、改造、维修许可资质，而且已有九大系列产品通过了欧盟 CE 认证、俄罗斯 GOST 国家强制认证、德国TV 能效等级 A 级认证，并且成功进军北美 CSA 体系、ASME 体系认证市场，一张张国际级资质证书，一块块国字号金字招牌，使西奥的声誉更加响亮，市场更加宽广。2014 年，在第十三届浙江省优秀企业家的榜单中，西奥的领头雁周俊良总裁也赫然在列。

金碑银碑不如口碑。"西奥电梯运行平稳，性能可靠，安全舒适。"每每传来用户的反馈意见，西奥人感到由衷的欣慰。

中篇：西奥创新风采

2014 年 6 月 7 日，《浙江新闻联播》以"创新推动转型升级"为题，展示了杭州西奥电梯有限公司管理标准化、生产智能化的场景，用大量事实印证了创新是发展的不懈动力，人们从中领悟到了西奥人的风采。其实，这仅仅是一个缩影，西奥实施创新驱动战略有着更丰富的内容，更精彩的故事。

"两化融合"，先声夺人。这是西奥创新驱动的一出重头戏，一张亮丽牌。众所周知，当今时代，云计算、大数据已频频进入百姓的日常生活，信息化已经成为第三次工业革命浪潮的重要标志，谁在这方面捷足先登，谁将赢得先机。作为电梯行业的龙头企业——杭州西奥电梯有限公司，与时俱进，勇立潮头，学习德国工业4.0，坚持走"两化融合"之路，致力于智能化制造和信息化管理。走进西奥宽敞的厂区，映入人们眼帘的是，车间内的每个区域，都摆放着一块集成看板，上面记录着操作要点、问题改进等实时数据。在客户关怀中心，墙上一块块屏幕显示着各地用户的电梯实时监控画面，一遇到电梯故障报警，画面可马上切换显示，实行远程监测。从制造转向智造，从产品转到全生命周期的服务，在这里可见一斑。推进智能化制造和信息化管理带来的效益更是几何级的。公司执行副总裁王国卿算了这笔账："3年前，公司新梯年产量8000台，现在在产能提升100%的情况下，生产一线员工、科室管理人员却仅仅增加了10%，这个生产效率超乎想象，可见两化融合是公司打造工业经济升级版的有效途径。"

"机器换人"，快人半拍。在"机器换人"这场工业革命的大潮中，西奥电梯公司称得上先行者。早在2011年西奥公司入驻余杭经济开发区时，西奥人就悄悄吃起了这只"螃蟹"，一大批具有世界领先水平的"机器人"陆续到西奥安家落户，比如意大利萨瓦尼尼柔性生产线、美国诺信喷粉线、比利时LVD公司激光切割机、瑞士ABB焊接机器人，多为智能化、自动化、数据化控制，操作简单便捷。这些由钢筋铁骨打造的特殊"员工"，立足本职，恪尽职守，伸着长长的臂膀，或在点焊，或在弧焊，或在喷漆，或在装配……工作是那样的井然有序，有条不紊，上千个焊接点，用不了3分钟。目睹萨瓦尼尼柔性生产线，只见板材自动上料、冲剪、折弯、焊接、堆垛，一气呵成。一块板材毛坯到门板成型，平均只需28秒时间，这种"一件流"生产模式，效率之高令人叹为观止。"工业快速转型升级离不开机器换人，机器人不仅是打造高品质产品的能手，更可以极大地破解劳动力紧张的瓶颈。"

周俊良总裁如是说。

管理创新，高人一筹。电梯是离老百姓生活最近也是最需要的特种设备之一，坚持精益制造的生产管理理念，为市场提供安全可靠的产品，是企业的天职。在这方面，西奥公司三箭齐发，做得很到位。一是抓规章，绷紧依法管理这根弦。《中华人民共和国特种设备安全法》颁发后，公司专门请来专家解读这部法律，并按照行行有行规，岗岗有岗纪的要求，进一步修订和完善了本公司的各项规章制度，自那以后，照章办事，依规操作，已成为每个员工的自觉行动。二是抓督导，落实安全管理责任制。坚持安全生产头头抓、抓头头，层层设立安全生产责任制，选好配强安全生产监督员。三是抓培训，夯实企业管理基本功。安全管理、现场管理、基础管理已成为西奥公司员工的必修课。"在产品质量上和安装过程中不放过任何一个细节，始终绷紧安全第一这根弦，防范于未然。"谈及企业管理之往事，工程部部长黄伟像似竹筒倒豆子——全都兜了出来："我们严格遵守《特种设备安全法》，不断满足并超越客户的期待。"

服务客户，人有我优。优质服务是衡量企业诚信的温度表，也是测试客户至上的透视器。在这方面，杭州西奥本着对电梯产品"全生命周期"负责的责任意识，按照集设计、营销、安装、售后服务一体化的经营战略，着力打了三张牌。一是创导了"鲜花服务理念"，借助全天候免费服务热线 400—826—9998 以及物联网远程监控技术，对客户提出的诉求，随叫随到，快速响应，24 小时不间断，确保服务工作及时性。二是在全国建立了 400 余个服务网点和零部件配送中心，为客户提供 360°全方位、点对点服务，不让服务工作留死角。三是建立了一支以工程师为主体的 1000 余人的专业化服务团队，定期回访客户，上门问诊，运用"冰山品质控制理念"，查找不易察觉的安全隐患，全力保障客户安全、舒适、便捷的楼宇交通环境，保持服务工作常态化。

春华秋实。10 年间，杭州西奥电梯有限公司将一家 30 多人的小型电梯安装公司打造成一家拥有 1700 余名员工，年销售业绩突破 2 万台的现代化电梯制造服务商，经营业绩连续 10 年保持高增长率，实现了由"西奥制造"向"西奥创造"的转变。无论你置身在国家"四纵四横"战略交通体系的沪昆高铁、京福高铁，还是迈步在迪拜、以色列、纽约的商务中心，你都能感受到从浙江迸发出来的西奥力量。

中篇II：追星捧月竞风流

在西奥电梯公司的彩色幕墙上，张贴着一幅幅各类标兵的肖像，一张张鲜活面容，美如夏花，灿若群星。他们是西奥的形象，精英的缩影。

庄金标——电梯行业百事通。"在电梯战场，我们打过游击战，肩挑背扛，走遍大江南北，如今发展壮大成一支装备齐全的正规军，真的不容易。技术精、队伍棒、作风硬，就没有攻不了的天下。"这是杭州西奥电梯安装公司庄金标老总的一番肺腑之言。工号为 008 的庄金标，是西奥成长的参与者、见证者。老庄 1983 年参加工作，当过电工，后来调到电梯行业，他懂安装，会设计，更擅长质量检测。电梯是垂直、水平精度要求很高的特种设备，有一万多个零部件构成，哪个环节需要调节，老庄只要瞄上一眼就能找到症结，说出个所以然。在浙江省第一人民医院、杭州钱江新城大剧院、杭州火车站、福州第一人民医院、广州新客站、上海西子国际、天津生态城、贵阳亨特金融中心、郑州德化新街等标志性建筑项目中，都留下了他的足迹，凝聚着他的心血。聊起公司的发展、电梯行业的机遇与挑战，老庄如数家珍。他的许多金点子给公司带来的效益有目共睹，由此他获得了一座又一座奖杯。老骥伏枥，壮心不已，这一点在庄金标老总身上体现得淋漓尽致。在他的办公桌上堆放着一尺多高的工程项目资料，可谓手不释卷。由他亲手培养的数十名工程人员，现在大多成了各个服务点的骨干。"西奥百年基业需要后人传承，帮新生代成长，传好接力棒，是一个老兵的责任。"庄金标总是这样默默告诫自己。

冯铁英——巾帼翘楚好榜样。常言道，"女子能顶半边天"，在杭州西奥电梯制造中心，就有这样一位特别能战斗、特别能钻研、特别能吃苦的女强人——冯铁英。2011 年，杭州西奥开始筹建余杭经济技术开发区新工厂，开始借鉴美国现场管理和日本精益制造的经验，打造现代化电梯制造基地，冯铁英总监被"临危授命"——挑起了建设新工厂的重任。在整个建设过程中，她亲力亲为，白天穿梭于施工现场，进行生产设备选型，夜里就在台灯下绘制施工方案，常常通宵达旦，整整半年，她的那股泼辣劲震撼了整个工地。作为公司电梯制造中心技术开发的领军人物，冯铁英对智能化生产的战略地位心知肚明，她说："智能化工厂可简化生产流程，这是我国制造规划和德国工业 4.0 的共同愿景，也是提高产品品质和生产效率的必由途径。"为此，她身体力行，攻坚克难，从转变传统的生产方式入手，将 EAP 生产管理系统融入到各个制造环节，从管理、设计、产品研发、生产到物流配送实现全程数码化，这一创举，确保精益生产落到了实处，为实现杭州西奥的二次腾飞注入了原动力。在产品制造上，冯铁英积极倡导并带头践行自主创新，力推杭州西奥 CON 系列，REBO 梯型和无机房产品部件自制化。在她的模范行动影响下，公司电梯制造中心年年保质保量完成整梯订单的制造台量，年增长率高达45% 以上。凭借在工业制造领域的突出贡献，冯铁英总监于 2013

年被杭州市余杭区评为"双学双比"三八红旗手。

　　周耀华——辗转天山建功业。2012年3月，业务量不断扩大的西奥电梯公司正式成立了新疆分公司。公司委任已在大西北奋战了6年的周耀华担任新疆分公司总经理。别看他长得斯斯文文，干起活来却是风风火火，脑子尤为活络，工友们爱叫他"华仔"。早在2007年，这位来自江南的"白面书生"，初生牛犊不怕虎，带着2名同事，又是招兵买马，又是寻觅项目，很快在新疆这块沃土里站稳了脚跟，也吃惯了具有戈壁滩乡土风味的面食——大馕。2013年，这个总共只有八条汉子的团队共签约了28个项目，其中乌鲁木齐昊元上品商场、新疆总部基地和汇嘉时代乌鲁木齐北京路店等项目，堪称新疆地区的样板工程。提起华仔的实干精神可是有口皆碑。春节刚过，西奥新疆分公司接到了新疆银瑞林五星级大酒店的电梯安装工程项目。此时，江南水乡已是垂柳吐翠，碧桃含苞，而天山南北依然银装素裹，白雪皑皑。接到任务后，干劲十足的华仔带着精心设计的图纸，与一群虎虎生威的工程队员一起，直奔远离乌鲁木齐大本营2000公里之遥的喀什。不巧的是，工程开建之日，正值冰雪消融之时，井道不断渗水，大风呼啸，狂沙弥漫。而且，该项目梯型比较特殊，高速度，大载重。面对困难，华仔和他的伙伴们没有气馁和退却，经过3个月的日夜奋战，工程如期完成。目睹电梯在五星级大酒店徐徐高升，耳闻"亚克西、亚克西"的赞美声，脸蛋染上了高原红的华仔露出了宽慰而憨厚的笑容。

　　成功属于那些不畏艰险勇于攀登的人，辉煌总与付出相伴在一起。西奥人累并快乐着。这是从老总到每一个普通员工的共同感受。的确，西奥人是一个特别能战斗、特别重奉献、特别有梦想的团队。

下篇：彰显人文新风尚

沐浴鲜花芬香，你得身临其境；体验母爱温暖，唯有投入怀抱。

"《大国重器》使我懂得，只有掌握了技术，就不怕别人比我强，这印证了毛泽东说的，落后就要挨打。作为西奥人，同样要有忧患意识，挑起技术创新、科技兴业的担子，才能站住脚跟，在日新月异的市场中立于不败之地。"这是技术骨干熊鹏飞观看《大国重器》后发出的感叹。

"看到那些领军人物做出的成绩，的确大振人心，同时一份责任油然而生。杭州西奥公司给予了我一个全新而广阔的平台，我信心满满，相信自己能将学到的知识发挥出来，能为自己所在的企业贡献一份力量。"这是刚从校门跨入厂门的卢华森吐露的心声。

"西奥有许多与众不同的地方，比如 SCS 管理、先进设备、精益生产技术、公司的各项人性化规章制度及优越的员工福利，这都让我为之骄傲，我将好好珍惜，勤奋工作。"这是钣金车间装箱工对家人的诉说。

在这些出自普通员工的心声中，跳跃着西奥公司人文关怀的和美音符，折射出文化兴业的缕缕阳光，说明了"员工满意、客户信赖、行业尊重，做世界一流电梯企业"的西奥核心愿景已浸透于员工的心灵之中。

娱乐活动常态化。西奥是个年轻人占主体的团队，约90%的职工是"80后"、"90后"。爱娱乐是年轻人的天性。公司顺势而为，狠抓"两袋"投入，既注重员工的"口袋鼓"，更关注员工的"脑袋富"，先后建起了宽敞明亮、高雅别致的文化礼堂，配备了扩音器、麦克风、投影仪、放映机等等道具。每逢节假日，西奥人总会相聚在可以容纳500名观众的礼堂里，或放声高歌，或翩翩起舞，自娱自乐，释放情怀。这几年，每到国庆节、春节、五四青年节，年轻人的联欢活动从未间断。许多节目来自生活，源自生活，充满泥土芬香，原生态十足。例如，2014年那场《与你温暖同行》的主题晚会，既有激情四溢的歌声，又有婀娜多姿的舞蹈，还有风趣幽默的小品，亮点纷呈，高潮迭起，堪称艺术盛宴，让观众切切实实饱了一回眼福。

于无声处暖人心。西奥的人文关怀润物细无声，更多地体现在日常生活中：每当员工生日，总会收到来自公司的温馨祝福，一句问候，一块蛋糕，让职工感觉到自己就在家里一样；为解决员工上下班路途劳顿，公司为他们开设了专线直达班车，早晚两趟，风雨无阻；为让员工快乐工作，健康生活，公司严格实行职工带薪休假制度，并给员工每年安排一次健康体检，实实在在的医疗保障，消除了大家的后顾之忧；为激发和鼓励职工爱厂如家，尊重劳动，尊重创造，公司特地设立了工龄工资和员工成就奖……这一桩桩，一件件，一幕幕，是以人为本的结晶，无不温暖着员工的心，公司的向心力、凝聚力也陡然骤增。拿员工自己的话说，西奥公司像个温馨的大家庭，领导有颗慈父心，员工之间讲亲情，生活在这样的大家庭，累并快乐着。

广阔天地陶情操。外面的世界是多彩的。西奥公司立足于陶冶员工、合作伙伴的情操，拓展发展视野，每年都要组织大型年会，到外界学习取经，或参观革命圣地，或组织项目考察，或观光祖国大好河山……2014年，马年春节刚过，新一缕阳光从浩淼无际的海面上喷薄而出，一首深情怀旧的老歌《请到天涯海角来》和一部脍炙人口的贺岁大片《私人定制》，激起西奥人对三亚的无限遐想。公司将2014年营销年会暨十年庆典移师到了三亚，400余位嘉宾相聚在蓝天白沙、椰影婆娑、阳光温和、海风和煦的天涯海角，谈成就，话未来，进一步坚定了迎接新十年、再创新业绩的信心。这年深秋，西奥党支部还组织了部分党员赴古田会议旧址参观学习，接受革命传统熏陶。

工作环境和而美。踏进西奥公司，处处耳目一新。方圆160亩的园区郁郁葱葱，四季如春，特别是每到中秋时节，桂香四溢，一派花园式景象。更让人羡慕的是，员工的工作处所，整齐划一，宽敞明亮，一尘不染。悬挂在墙上的一幅幅管理大师、成功人士的至理名言，井然有条，错落有致，呈现出浓浓的文化氛围。与其说这里是座机声隆隆的电梯工厂，不如说它更像座设计精湛、陈列有序的现代化电梯科技博物馆。

钱江潮起潮落，永远不会停歇；东海风展云舒，总有迷人景象。我们赞美大海，因为她有宽广的胸怀；我们颂扬西奥，因为她是个特别能战斗的团队。行百里者半九十。站在新的起点上，追求卓越的西奥人，以群体智慧，超常胆魄，正朝着成为国际化民族电梯品牌的宏伟目标整装再出发。

直挂云帆上九天，杭州西奥的明天必将更美好！

优环境，优服务，
强引进，强培育。
鸿鹄翱翔于浩瀚的苍穹，
余杭经济技术开发区发展外向型，
迈向国际化。

现代园区的国际化视野

The International Vision of Modern Agricultural District

——余杭经济技术开发区利用外资纪实

真　柏

物华天宝、人杰地灵的杭嘉湖平原，自古以来，就是令人艳羡的富庶之地；

蜿蜒流淌的大运河，带着悠悠的古风，自北而南流至此地，更为这片人间乐土注入了深厚的底蕴。

然而鸿鹄志在苍宇，燕雀心系檐下。诞生于此宝地的杭州余杭经济技术开发区，并未偏安于杭嘉湖平原的富贵乡，更未沉溺于大运河畔的富庶地。

这个开发区，注定要做一只志在苍宇的鸿鹄。

因此，早在二十年前，当余杭经济技术开发区如出生的婴儿般呱呱坠地的时候，他们就为自己确立了远大的目标，那就是发展外向型，迈向国际化。

思路决定出路，构想决定未来。二十年来，胸怀国际化视野的余杭经济技术开发区，正如元代著名剧作家郑光祖笔下的"大丈夫"，仗鸿鹄之志，据英杰之才，通过优环境、优服务、强引进、强培育，相继吸引了华鼎、旺旺等港台同胞企业集团的"回归"，先后引进了欧文斯科宁、日本石岛川、株式会社日立制作所等国际知名企业的入驻，同时也培育壮大了东华链条这样享誉世界的行业领军企业……

经过二十年的发展，鸿鹄终于翱翔在浩瀚的苍穹。羽翼丰满的余杭经济技术开发区不仅成功跻身于国家级经济技术开发区之列，更在浙江省县（区）域国家级经济技术开发区的排名中位列榜首！而大批的外向型企业，已然成为园区的中坚力量，为园区发展做出了重要的贡献。

上篇："归乡之路"并不漫长

天边飘过故乡的云，它不停地向我召唤……

踏着沉重的脚步，归乡路是那么漫长……

20世纪80年代末90年代初，一曲由歌星费翔演唱的《故乡的云》，以真挚的情感道出了离乡游子深深的思乡之情，不知引发了多少人的共鸣和感慨。

是啊，对于骨肉分离的游子来说，归乡的路是那么的漫长。

然而杭州余杭经济技术开发区的诞生，却使许多远在港澳台等地同胞企业的归乡创业之路，变得不再那么漫长了。

优越的地理位置、优惠的投资政策、优美的发展环境、优质的服务水准，将一大批来自港台的同胞企业汇聚在了这个充满希望的园区之内。

旺旺集团，这个台湾第一家在大陆注册商标的公司，率先从宝岛跨海来到祖国大陆的怀抱，将一种健康而又迷人的食品带给了我们。

1993年12月3日，杭州旺旺食品有限公司在开发区内正式成立，作为一家专门生产米果制品等小食品的工厂，2450万美元的总投资，在当时来说已是不小的手笔了。

仅仅用了5个月的时间，在占地46006平方米的厂区中，20500平方米的厂房就拔地而起，并且投入试生产。真可谓是神一样的速度，神一样的效率！

高度自动化的生产设备全部从日本和台湾引进，日本直派过来的技术工程师更是全年驻厂，为的就是确保产品的质量。

喜爱零食的孩子们欣喜地发现，一系列鲜美香脆的米果食品，就好像神秘而又可爱的圣诞礼物，忽然间在各大超市和零售商店里奇迹般地出现：

圆圆的雪饼，撒着一层白霜般的糖浆，舔一舔，甜蜜入心；咬一口，爽脆满齿……

长长的仙贝，色泽金黄诱人，同样的松脆爽口，却是不一样的美味，咸咸的、鲜鲜的……

形态平整、包装美观、绿色健康、色香味独特的旺旺系列米果产品，就像这异常坦荡的归乡之路一般顺畅地进入大陆市场，首先在江浙沪一带风靡起来，随后又迅速占据了全国米果市场的大片份额。1.4万吨大米的年生产能力，使杭州旺旺食品有限公司一跃成为整个集团乃至全国最大的米果生产厂商之一。

从杭州旺旺食品有限公司起步，旺旺集团在杭州、在余杭经济技术开发区踏上了一条不断壮大的发展道路：

1995年12月1日，杭州台年化工有限公司成立，注册资本105万美元，总投资150万美元，主要生产食品干燥剂、保鲜剂、脱氧剂及相关产品……

1995年12月29日，杭州大旺食品有限公司成立，注册资本705万美元，总投资1410万美元。这是一家专业生产凝胶糖果的工厂，其生产设备分别从德国、澳大利亚和日本引进的，设有注模生产线两条，年产能约1.5万吨，主要产品有旺仔QQ糖及鲜果吧，产品主要原料选用世界级供应商，产品色泽柔和、均匀透明、气味纯正,品质佳,Q性足,出口韩国、澳洲、日本、美国、加拿大,畅销国内外……

1997年12月26日,杭州神旺食品有限公司成立,注册资本1200万美元,总投资2000万美元,主要产品有神旺酒、梅酒、碎冰冰。这三款产品特色鲜明,消费目标明确:神旺酒选料讲究、香味独特,有不同酒精度和规格,能适应不同消费者的需求;梅酒色泽淡黄、口味清纯、富有营养;碎冰冰有柠檬、凤梨、柑橘、葡萄、水蜜桃、乳酸、综合水果和可乐味,冰冻后冰晶均匀细腻不结块,一咬就碎,具有口味纯正,香味自然浓郁等特色……

2006年9月1日,杭州立旺食品有限公司成立,注册资本450万美元,总投资820万美元,主要生产奶糖类产品……

2010年,杭州瑞麦食品有限公司并入杭州大旺食品有限公司,注册资本增加到1125万美元,总投资增加到2250万美元,瑞麦食品公司主要生产淀粉糖、粉末酱油、糕点和调味料……

在开发区这个温暖的大家庭中,旺旺尽情地感受着来自同胞的关注与关爱。二十年转瞬即逝,旺旺秉承着"缘,自信,大团结"的经营理念,一直在坚定地前行,一直在快速地成长。二十年间,旺旺用自己的聪明与执着,创造了众多的品牌,走过了峥嵘的岁月。今天的旺旺,早已成长为名扬全球的知名企业;旺旺的产品更是走进千家万户,成为有口皆碑、广受欢迎的一流食品。

在家乡的土地上,在祖国的怀抱中,杭州旺旺食品有限公司正以蓬勃的发展之势,向着"世界米龙"的宏伟目标不断迈进!

无独有偶。香港的上市企业华鼎集团,也循着乡音的召唤,从香江之滨来到了西子湖畔。离乡多年的企业家们,终于踏上了故乡坚实的土地。

2001年5月,国际时装品牌"菲妮迪"在杭州召开春夏时装发布会。公司常务副总经理邱旭东在会上信心满满地宣布："从明年开始，我们菲妮迪总部将移师杭州。而且，在 2014 年十月份的西湖博览会上，我们还将会有不一样的表现！"

到底会有怎么不一样的表现呢？邱旭东并没有透露更多的细节，不过，这反倒是引起了与会者们更大的兴趣。

谜底在两个月后终于揭晓，这家名叫菲妮迪的时装有限公司斥巨资买下了西博会中国国际女装展中国女装设计大奖赛的冠名权！

此后的一段时间，这个人们还不太熟知的时装品牌，随着西博会的日益临近而频繁见报、声誉鹊起。

原来，在其背后支撑着的大名鼎鼎的华鼎集团！

提起华鼎集团，杭州人尤其是余杭人都感到十分骄傲。因为该集团的董事长丁敏儿和总裁丁雄尔都是地地道道的余杭人，他们早年移民香港开办纺织贸易公司，并于 1992 年创办了华鼎集团控股有限公司，之后企业在香港联合交易所成功上市，成为中国大型纵向整合的成衣制造商、出口商及零售商。根据中国丝绸协会的资料显示，以出口数量及价值计算，华鼎集团是中国最大的丝绸服装出口商之一，同时亦是中国最大的丝绸服装制造商。

正是华鼎集团，于 1998 年将菲妮迪品牌成功引进到中国。

菲妮迪是美国一个倡导自然、和谐、简约之美的国际品牌。在幕后推手华鼎集团的推动下，这个时装品牌一进入中国，便立即以其高雅、时尚、大气的崭新风格和准确的定位被市场所认可，在短短的三年时间里，菲妮迪就在全国开出近百家专卖店，触角还伸到了日本等相邻国家，年销售额达到 2 亿元，每年保持 100% 的递增率，成为中国休闲女装第一品牌。此后，这一品牌的"休闲概念"一直影响着中国时装界。

菲妮迪，这个近几年成长最快的时装品牌，创造了中国女装业的一个传奇！

作为一个国际品牌，在今后发展的归属中，本来完全可以选择国际化程度更高的大都市上海，但他们最终还是决定将总部迁至杭州，落户在了余杭经济技术开发区。这一貌似令人意外的决定，其实尽在必然之中。

这不仅仅是因为杭州毗邻上海，与世界接轨指日可待，投资和经营环境都非常理想；更因为以董事长丁敏儿先生和总裁丁雄尔先生为核心的集团决策层，都是杭州本土人，随着杭州投资环境的不断改善，想回家创业的愿望愈来愈强烈。

成功的秘诀在于把握机遇。在 2001 年冠名西博会的服装大赛之后，华鼎集团就开始与杭州市政府、余杭区政府深入接触，表达了想移师家乡开办实业、把杭州的丝绸产业优势进一步发扬光大的愿望。游子归乡创业、实业报效家乡的这一份真挚热情，得到了市、区两级政府的高度重视和大力支持，并提供了一系列实实在在的扶持政策。

经过一年紧锣密鼓的建设开发，一个规模宏大、产业链完整的现代化工业园区——华鼎工业园在杭州余杭经济技术开发区正式开工投产，工业区占地 500 亩，投资 5000 万美元，拥有 13 家关联企业。优美的环境，合理的布局，先进的设施，形成了以服装为主体，织造、印染、家纺、仓储物流相配套的生产经营格局，规模化生产格局的形成以及"一条龙"生产线的建立，实现了资本、人才、技术和信息资源的共享，从而大大提高了生产效率，降低了产品成本，缩短了外贸服装的生产周期，年生产服装能力迅速提升，达到 1200 万件，纺织面料 500 万米。仅仅过了三年时间，华鼎工业园的年产值就突破了 20 亿元大关，入围中国丝绸女装成衣制造行业的前三甲。

华鼎总裁丁雄尔意气风发地说："WTO 把中国推向了风起云涌的世界经济大潮中，华鼎，将以领先一步的智慧和不断开拓的勇气,全力打造华鼎品牌,共绘世界时尚版图!"

中篇:"国际名企"慕名而来

余杭经济技术开发区的优越投资环境,不仅成功地吸引了华鼎、旺旺等一批归乡的"同胞企业",也引起了世界各地许多著名大集团、大企业的关注与兴趣,他们纷纷前来考察、探访、投资、入驻……

捷足先登的,是日本的石川岛运搬机械株式会社(IUK)。

IUK 是日本一家专门从事停车设备、吊装设备和传输设备等运输机械开发、设计、销售、制造、安装及维修保养等事业的综合企业,在运输机械和停车设备系统领域占据着世界领导地位。其母公司石川岛播磨重工株式会社(IHI)是日本一家著名的老牌企业,创建于 1853 年,距今已有 160 年的发展历史,专业从事桥梁、运输机械、物流系统、炼钢设备、发电设备、水泥制造设备、船舶、航空发动机、宇宙开发(火箭)等通用设备的研发和生产。作为 IHI 的子公司,IUK 从 1961 年开始制造立体停车设备,距今也已有 50 多年历史,曾制造车位上千万,仅在东京一地就已竖起 2000 多座塔库,日本市场占有率在 40% 以上,稳居日本市场第一,不仅是全球最大的立体停车设备制造商,而且跻身于世界500 强之列。

当 21 世纪的历史之门徐徐打开之际,昂首迈入新世纪的中国经济,挟改革开放带来的蓬勃动力,继续一路高歌猛进。随着经济的持续高速发展,各大城市的汽车保有量也呈爆炸式猛增,城市立体车库的需求量也随之暴涨。总部位于日本东京都江东区的IUK,敏锐地捕捉到了这一重要的市场信息,开始筹划进军中国市场。

　　然而谨慎的日本人并不会贸然行动。水性不熟的 IUK 深知，要进入一个对他们来说是全新的领域，就必须找到可靠的合作者，还有适合自己的立足和发展之地。

　　为此，他们找到了两位合作者：一位是土生土长于杭州的本地企业西子联合控股有限公司；另一位是台湾的东元集团。

　　西子联合控股有限公司的总部位于杭州，是一家以装备制造为主，跨行业经营的综合型企业集团，旗下产业涵盖电梯及电梯部件、锅炉、立体车库、起重机、钢构、房产、商业、投资等多个领域，员工近万人，既是中国 500 强企业之一，又是国内最具知名度的专业立体停车设备厂家。

　　台湾东元集团创立于 1956 年，是台湾最大的重电厂商，其分布于全球的员工达万人以上，事业版图由台湾扩张至整个亚洲，乃至欧洲与美洲，已成为知名的世界级企业集团之一。涉足停车设备领域后，东元集团秉持着"以首屈一指的业绩与技术，创造出富弹性、高完成度的停车场系统"之经营理念，希望藉由一流的专业技术，与完善的售前售后服务，提供客户高品质、安全可靠的停车场设备系统，为改善停车问题、贡献心力。

　　IUK 如果能与西子、东元合作，无疑是强强联手、珠联璧合。

　　而经过多方考察和比较之后，最受 IUK 青睐的落户之地，便是大运河畔的杭州余杭经济技术开发区。

　　2004 年 3 月 12 日，由西子联合控股有限公司旗下的杭州西子孚信科技有限公司与日本石川岛运搬机械株式会社（IUK）和台湾东元集团三方共同出资组建的杭州西子石川岛停车设备有限公司正式成立。从此，又一段让人振奋的创业之歌，在开发区生机勃勃的土地上奏响。

　　含着金钥匙出生的西子石川岛，仿佛是出手不凡的初生牛犊，甫一推出的产品，便在国内各大城市崭露头角。

以家门口的浙江市场为例，合资公司成立的当年，就实现订单 5000 多万元，并一鼓作气，荣登行业第一的宝座；

2005 年可谓是稳扎稳打、步步为营，订单再攀新高，突破9000 多万元；

2006 年转战上海滩，一举拿下的徐家汇项目，让西子石川岛在上海市场稳稳地站住了脚跟。

然而，西子石川岛的成功，却令越来越多的投资者急红了眼，他们跃跃欲试，也想从立体车库市场分一杯羹。面对硝烟四起的行业竞争，西子石川岛决策层果断决定转战海外市场。

2007 年 4 月 20 日，多段式车库首次出口新加坡；6 月 25 日，车库部件首次出口台湾；10 月 11 日，新加坡市场再传佳音，与日本住友（新加坡）商事会社签订了 2000 万的机械式停车设备销售合同。

2008 年，俄罗斯海参崴、叶卡捷琳堡等地的项目又接二连三地落地建成，异域之都感受到了西子石川岛的博大厚重……

在创造了一个又一个辉煌业绩后，西子石川岛不骄不躁，步子迈得更加扎实稳健了。

2009 年 3 月 12 日，浙江维多利亚丽嘉酒店，在西子石川岛五周年庆典暨合作交流会上，公司总经理周水妹一上台，就向合作伙伴深深地鞠了一躬："感谢各位朋友对西子石川岛的帮助和监督。"一句貌似平常的话，却道出了五年发展历程中，西子石川岛人满满的自豪与感恩。

2012 年 6 月，西子石川岛再迎大发展，投资 1.8 个亿、占地面积 100 亩的新厂房在余杭经济技术开发区正式投入生产，崭新的厂房、现代化的先进设备、500 多名员工，尤其是还有 80 余名中高级技术人员组成的技术生产团队、60 余名营销精英组建的销售团队和拥有熟练安装经验的高素质专业安装服务团队，使新工厂将成为全球最完善的车库制造基地。

宽敞整洁、安静舒适的办公环境，为员工提供一个绝对健康、安全的环境。100余台办公微机连接而成的大型局域网络，实现了网络化、自动化办公，在信息共享、快速沟通的同时，西子石川岛的效率也因此受到了客户的广泛赞誉。

管理是一个企业健康成长的关键，优秀的管理模式往往能成就一个强大的企业。西子石川岛实行的是"制度化管理、辅以完善的奖励与激励机制"，最大程度地调动每位员工的积极性与创造力；同时，公司大力推行 ACE 质量管理体系，时刻监控公司各个环节出现的问题，促使整个流程达到 ACE 管理的要求。

如今的杭州西子石川岛停车设备有限公司，已成为一个集销售、研发、设计、制造、调试、安装、维保、售后服务于一体的专业机械式立体停车设备企业，并拥有产品的自营进出口权，囊括了目前停车行业的九大类、90 种类型的产品。

多元化的优势在这个合资公司中得到了充分的升华，中、日、台三方产品、技术、管理经验、企业文化的融合贯通，使西子石川岛塑造成了一个系统的、包容的、强大的、全新的现代化企业实体，为国内立体停车设备市场的发展注入了强大的推动力。

目前，西子石川岛的产品已相继在北京、上海、广州、深圳、大连、哈尔滨、南京、长沙、武汉、太原等全国各大城市投入运行，并以良好的产品质量、稳定可靠的性能和一流的服务，赢得了用户的普遍赞誉。

随着车库市场竞争的日趋激烈，西子石川岛"以不变应万变"，坚守着"诚信服务"的宗旨，严格执行"产品销到哪里、服务跟到哪里，网点建到哪里"的西子模式，开通了 24 小时热线服务，并在全国建立了 56 个销售网点，为产品销售、安装和维护保养一条龙服务提供了可靠的保障。

"力求完美，致力满足客户的需求，成为行业的引领者。"

这就是西子石川岛不懈的追求。

就在西子石川岛不断发展壮大之际，又一家位列"美国财富500强"的国际名企慕名来到了余杭经济技术开发区。

这家名为"欧文斯科宁"的企业，既是玻璃纤维的发明者和全球领导者，更是同行业节能环保的典范，为新能源、住宅及商业楼宇、汽车零部件和其他新兴市场等应用领域提供玻纤复合材料和工程解决方案。该企业成立于1938年，总部位于美国俄亥俄州托莱多市，目前在全球30多个国家和地区拥有100多个生产、研发机构，销售额超过50亿美元，是美国的一家老牌财富企业。欧文斯科宁曾先后在广州、上海、鞍山、北京等城市投资兴建了玻璃纤维有限公司、玻璃棉制品有限公司、挤塑保温板、外墙挂板、玻璃纤维沥青瓦等几家大型企业，投资额超过上亿美元。

2008年，欧文斯科宁为在中国发展新的工厂，多方选址考察各地的开发区，他们曾去过很多地方的园区进行考察选址，但放眼诸多园区几经考量之后，他们最终选择了余杭经济技术开发区。因为他们从长远的眼光看到了这片土地的优势：安稳的自然环境、便利的交通网络、周边的客户群体。

从无到有，由弱变强，凡事都有一个循序渐进的过程。在开发区管委会的大力支持与帮助下，2009年4月，欧文斯科宁通过土地招牌挂，顺利取得了位于星河路宏达路口的240亩土地，并且陆续克服和解决了发展前期遇到的各种困难。

这家余杭工厂是过去十年里欧文斯科宁在美国本土以外投资最大的一个工厂，也是在欧文斯科宁公司内部较领先的一个工厂，它甚至在整个复合材料行业中都算是高规格、高标准的工厂。

国际名企就是有国际名企的范儿。欧文斯科宁的国际化理念，可以说是早已深入它的每一个工作环节之中。在余杭工厂，自然也不例外。他们致力于可持续发展，致力于多元化环境，致力于安全细节。无论是在生产还是运作中，三个"致力"都给欧文斯科宁提供了强有力的精神支持。

第一，是致力于可持续发展。欧文斯科宁致力于为世界各地的建筑材料和复合材料客户提供可持续性解决方案，为平衡经济增长、社会进步和环境保护做出贡献。欧文斯科宁在实现这一承诺方面所彰显的能力，为其赢得了一系列相关荣誉，包括获得道琼斯全球可持续发展指数认可、成为联合国全球契约成员以及获得 Maplecroft 气候创新指数的认可；

第二，是致力于多元化工作环境。多元化和包容性的工作氛围，是欧文斯科宁成为全球性企业，树立市场领导地位不可或缺的因素之一。倡导多元化，使得欧文斯科宁能吸纳到全世界最优秀的人才，并为他们营建倍受欢迎、尊重的工作环境，让他们的贡献能得到充分肯定。这也使得欧文斯科宁能够激发员工的集体智慧，博采众长，赢得竞争优势；

第三，是致力于每一个安全细节。欧文斯科宁把"安全"放在了至高无上的位置，致力于打造零伤害工作环境。正是这种对安全生产的高度重视，使公司连年实现安全生产无事故的目标。

而今，欧文斯科宁所在的这片区域已经进入快速发展时期，有更多的大公司入驻，并不断地产生一种集聚效应，企业抱团发展，相互促进，呈现出一种欣欣向荣的喜人态势。

家有梧桐树，必招金凤凰。2011 年，位列世界 500 强领先企业的株式会社日立制作所，又将发展的目光投向了蓬勃发展中的余杭经济技术开发区。

株式会社日立制作所简称"日立"，总部位于日本东京，是一家全球最大的综合跨国集团，主要生产家用电器、电脑产品、半导体、产业机械等，在日本制造业中是仅次于丰田自动车公司的第二大制造业公司，在日本全行业中位列第四大公司，在美国《财富》杂志 2012 年评选的全球最大 500 家公司排行榜中，日立排名第 38 位。

早在 21 世纪初，致力于全球拓展业务的日立就已经注意到，中国的"脱硝"市场将是一片新的蓝海。在中国的"十二五"规划中，明确提出了要继续加强环保法规的执行力度，有关进一步严格控制发电厂氮氧化物排放的环保法也即将出台。随着中国政府对环境环保日益重视和关注，中国市场对火力发电所用的环保设备——脱硝催化剂的产品需求，必将呈现高速增长的态势。

据专业机构预测，"十二五"期间，中国的火电厂脱硝市场容量约为 1300 亿元，年均市场容量约为 260 亿元。其中 SCR 催化剂的年均市场 40 亿～60 亿元左右。伴随着中国火电厂"脱硝"改造，未来对脱硝催化剂的需求量会出现快速增长。而据日立的调研数据表明，到 2010 年度，中国脱硝催化剂的市场规模约为 4 万立方米，到 2015 年度，中国脱硝催化剂的市场规模将增长到 15 万立方米，同比增长 275%。

日立集团生产的脱硝催化剂是拥有独立知识产权的产品，该产品通过板状结构设计，使锅炉尾气中所含的粉尘难以在催化剂内堆积，具有压力损失低、耐磨性高、寿命长、活性高等优异的特性，被世界各国火力发电厂使用，深受世界各国客户的广泛欢迎。

为在中国千亿元的脱硝市场分得一杯羹，日立计划在中国投资 10 亿日元，成立一家新公司，专门从事脱硝催化剂的生产。

经过深入的考察和洽谈，日立集团最后落户在了余杭经济技术开发区。2011 年 6 月，巴布科克日立（杭州）环保设备有限公司正式诞生，并于 2012 年 7 月开始正式投入运营。

该项目总投资约 2 亿人民币，专门从事火电厂脱硝催化装置的生产，经营范围包括烟气处理催化剂装置、脱硝、脱硫设备及相关零部件的设计、研发、生产、加工以及环保设备和产品的研发。

在短短的两个月内，这个初生的公司就完成了工商注册登记、外资到位、土地摘牌等一系列前期手续，并于 8 月 19 日顺利取得新公司的土地使用权。

又是仅仅一个月时间，环评审批、能评审批、项目立项、土地批复、工程规划工程许可证等项目开工前期的各项审批手续也都全部到位，开发区高效的办事作风，令外国投资者啧啧称赞。

落户开发区之后，企业迅速走上了发展的轨道，不仅实现顺利投产，产品也很快打开中国市场，向中国的终端用户提供了"零距离"的便捷服务。

下篇："链条大王"全球布局

鸿鹄之志在苍穹。把视野投向国际化的余杭经济技术开发区，不仅全球招商，广纳各方企业豪强；而且还通过造环境、优服务、强扶持，积极帮助区内企业发展壮大，走向世界，把业务做向全球。

因此，在这个开发区内，蛰伏着像东华链条集团这样的行业巨龙，也就不足为怪了。

当然，事物的发展都是由内外因共同作用形成的，外因是条件，能够推动事物发展；而内因才是根本，决定着事物的本质属性。同样，"中国链条大王"的炼就，除了需要有一个好的发展环境之外，更需要企业经营者具备超越常人的智慧与毅力。

"东华链条"之所以能够起步余杭、走向世界，正是因为拥有了这样一位充满着经营智慧与坚毅性格的掌门人。如今已年过半百的杭州东华链条集团有限公司董事长宣碧华，拥有整整 38 年的"链条生涯"，正是他带领着东华链条一路前行，义无返顾地走上了国际的舞台。

17 岁那年，中学辍学的宣碧华到杭州盾牌链条厂当临时工，最初每天的工资只有八毛钱，然而他却一待就是 11 年。在这 11 年中，宣碧华不仅拿到了技校的毕业证书，还积累了丰富的销售经验，从而完成了从一个懵懂少年到熟悉链条行业的热血青年的蜕变。

1987 年，年近而立的宣碧华毅然下海，用东借西凑来的 2 万元钱承包了萧山钱江农场摩托车配件厂。经过两年的艰苦创业，他的小作坊总算在激烈的市场竞争中站住了脚跟。

但是在宣碧华的心里，一直怀揣着一个"链条情结"。1991 年，捕捉到市场机会的宣碧华果断调整经营方向，创办了东华链条厂，又回到了终生为之奋斗的链条行业。在租来的村办企业两间厂房内，宣碧华带领着十几个工人，靠着两台机床和几把榔头，开始了他的逐梦之旅。

在当时的中国链条市场上，盾牌、环球等行业巨头霸占着大局，300 多家大大小小的链条企业更是混战厮杀，出身草根的东华每天都有灭顶之虞。但外表内敛老成的宣碧华，内心却充满了坚定与自信。在一次次分析市场后，他做出了非常现实的策略：拾遗补缺，以销促产，生产各种大厂不生产的链条。

正确的决策，为东华链条推开了一扇通往市场之门。接下来的几年里，东华犹如业内的一匹黑马，以每年翻番的速度快速增长。不知不觉间，昔日的小作坊化身成为国内最大的链条厂家，拥有了当前国内最大的链条生产基地——杭州自强链传动有限公司。

"链条大王"的美名就此不胫而走。但还没来得及细细品味荣耀的滋味，一丝成长的焦虑已悄然潜入宣碧华的心中。中国制造在全球中的分工及地位如何？东华处于产业价值链的哪里？今天吃的这碗饭十年以后还有没有得吃？一连串的问题让宣碧华陷入了深思。

　　尤其是当时的链条企业，几乎都在为无序的、多如牛毛的三角债而感到焦头烂额。勤于思考、先知先觉的宣碧华于是开始了另一手准备，那就是试水国际市场。

　　出口海外固然好，但那是一个要求异常苛刻的市场。不过宣碧华认为，走出去是一个必然。因为国际市场的需求非常大，而且利润较高，通过国际竞争，还可以提升东华的技术水平和管理水平。

　　但是赚钱难，赚老外的钱更是难上加难。竞争同样激烈的国际市场对于产品质量的苛刻要求、对竞争者的种种技术限制给东华带来了极大的挑战。如何克服困难，打开国际市场的大门？素爱研读中国兵法的宣碧华经过深思熟虑，决定实施齐头并进的"国际战略"：一方面，他着力在产品质量提升上下功夫，大力推进技术研发，重点发展高附加值的链条产品；另一方面，他主动出击，联系了一家又一家外贸进出口公司，并且通过各种关系，争取各方力量为东华介绍国外客户。在内外兼修的同时，东华链条还加快了争取外贸自营出口权的脚步，并且积极与外国同行进行各种交流与合作，深入了解国外的商业环境、竞争对手和游戏规则，以求尽早适应和融入。

　　1995年，宣碧华的"国际战略"开始奏效了，海外市场的大门向东华链条徐徐打开。

　　第一笔订单来自千里之外的意大利，虽然这个单子只有70多万人民币，但对于当时的东华来说，无疑是一笔令人振奋的宝贵财富。

　　万事开头难。有了意大利的这第一笔海外生意，随后的惊喜便一发不可收拾，德国、法国、日本的订单接踵而来，等待了许久的东华终于开始了外销的批量生产，并逐渐凭借广泛的贴牌生产和物美价廉的产品服务，打开了DONGHUA品牌的外销影响力。

　　东华在外销方面初显成效，国内的同行们这才开始留意到这条看似阳光明媚的康庄大道。于是，大家争先恐后地冲出国门，以为外面的世界精彩无限，却发现一时根本找不到市场之门。

　　而这时的宣碧华，却已经度过了如履薄冰的摸索阶段。从1997年起，东华链条的出口创汇一直稳居中国链条行业首位，其工业链条的产量和出口量占到了全国 12% 的份额，产品远销欧美、日本、东南亚、中东、澳大利亚等市场，并先后在 70 多个国家注册了 DONGHUA 商标，为美、日、德、法的 40 余家企业提供贴牌服务。

　　当然，前行之路不可能一帆风顺，国际市场上不同的游戏规则，也曾让东华吃了不少苦头。比如，一批货中只要有一个不合格品，就得全部赔偿。这在当时的中国是不可想象的，几乎没有企业愿意承担这样的风险。那么，宣碧华为何一定要带领东华走向这条艰难的道路呢？

　　"当时国内客户对质量不那么重视，主要拼价格；但在国际市场上，有质量一般就会有价格，利润率高一些，回款也比较顺畅。"回忆起当年的情景，宣碧华至今仍是记忆犹新，"这种外在的压力，逼着东华不断提升产品质量，并先于国内同行了解国际市场的游戏规则。"

　　正是这种超前的理念，使东华先人一步迈出了国门。在过去的十多年里，东华几乎为行业内所有海外知名公司做过贴牌生产。如果你到德国汉诺威工业展上去走一圈，就会惊讶地发现，所有工程链条几乎是清一色的"东华制造"，只是打上了不同公司的 LOGO 而已。

　　进入 21 世纪后，蓄势多年的东华链条更是犹如插上了腾飞的翅膀，发展的步伐越迈越快：2002 年，与世界链条大厂德国 WULF 集团联手，合资创办了杭州沃尔夫链条有限公司；2003 年

5 月，斥资 1330 万元买入杭链，组建了杭州盾牌链条有限公司；2003 年 8 月，兼并常州东风农机，形成了以链条为主的链传动产业、拖拉机为主的主机产业和上下连接的机械总成产业；2004 年，实现销售收入 55431 万元，综合实力稳居全国第一，并被原国家机械局停车设备协会指定为立体车库配套用链条的唯一生产厂家，成为中国链条行业名副其实的排头兵。

特别让人钦佩的是，仅仅用了五年时间，宣碧华就使亏损额超过 3000 万元、负债高达上亿元的常州东风农机起死回生，犹如老树逢春般迸发出了新的生机。2009 年，东风农机实现盈利 9000 多万元，一举创下改制 6 年来，甚至是东风农机建厂以来的最高纪录。而职工的年平均收入，也从 12000 元提高到 33600 元。东风农机的产销总量排位全国第三，出口排位全国第二，而 20—40 马力轮拖的产销量和出口均居全国第一。

东华在国际链条行业的强势渗入，终于使一些国际链条巨头感到了威胁：这个给我打工的中国小子，怎么能把脚踩到我的菜园子里来呢？于是，他们开始缩减给东华的订单，有两家甚至彻底取消了订单。再加上金融危机的影响，东华的出口一度下滑得非常厉害。

外销市场订单的锐减，让宣碧华看到了转变发展模式的紧迫性：必须尽快实现从订单经营向品牌经营的转变！为此，他确立了两条发展思路：一是力争保持出口的稳定，不丧失国际市场份额；二是抓住机遇，在应对危机中促进出口结构的升级，利用 DONGHUA 自主品牌在全球 70 个国家注册的知名度和美誉度，主动走出去抢占市场。

2008 年 12 月，东华在德国注册成立了东华工业欧洲有限责任公司；2009 年 1 月，又在荷兰注册成立了东华国际有限公司，主攻国外高端市场，同时销售 DONGHUA 自主品牌。

没想到，宣碧华苦心追求的品牌经营契机，竟是得来全不费工夫！2009 年 4 月，东华第一次以自己的品牌参加德国汉诺威工业展，就引来了与 KOBO 的一段姻缘。

KOBO 是德国第二大链条公司，历史悠久，但它并没有国际化，这些年来，随着其客户走向全球，市场已经在慢慢流失，再加上 2008 年金融危机的打击，已无力支撑不下去。当时的 KOBO，亟需寻找一家能给它带来新生命力的合作伙伴。

在汉诺威展期间，KOBO 的总经理找到了宣碧华，问他对收购 KOBO 是否有兴趣？东华和 KOBO 曾是多年的客户关系，知根知底，合作得一直非常愉快。所以宣碧华未加思索地回答说："当然有兴趣。"于是，两人就在附近的一所咖啡馆里进行了深入的交流。

既然看好的是未来的发展，还有必要为了结婚前嫁妆的多少斤斤计较吗？作风干脆的宣碧华几乎没有讨价还价，只用了 4 个月，就完成了有关并购项目的核心谈判，2009 年 11 月 18 日，双方正式签订并购协议。

宣碧华曾经分析过制约东华发展的瓶颈，他发现，除了品牌，最关键的因素就是人力资源。因为无论是技术还是产品，都是靠人干出来的。要想在高手林立的国际舞台后来居上，除了在国内广纳贤才外，更需要国际高端人才的参与。为此，宣碧华也曾考虑过从国外直接引进研发人员，但高额的成本、政策的限制，还有"老外们"所需的工作环境，都像一道道横在面前的无形之坎，难以逾越。

东华链条并购 KOBO 之后，这一切的问题竟都迎刃而解了！

KOBO 除了在德国的总部之外，在波兰还有一家分厂，专为其提供配套。当时，波兰工人的工资水平只有德国的四分之一，但根据相关法令，2014 年之后将实施同工同酬。如果还继续生产链条零部件这么低附加值的产品，这个分厂肯定难以为继。宣碧华在考察中发现，波兰的这家分厂虽说是为 KOBO 配套的，但实际制造的产品并非只有链条零部件，还有其他农机具。这不禁让宣碧华的脑海中灵光一闪：如果将东风生产的拖拉机零配件拿到这里来组装，岂不是可以贴近目标市场，按照欧美客户的特殊需求进行产品的优化改进，从而进一步促进东风农机的国际化市场拓展？

看来东华链条也好，东风农机也罢，在宣碧华的眼中，都是一盘棋。毫无疑问，他已着眼全球，用精彩的技艺在布局着自己手中的棋子。

2010 年，东华链条迎来了"国际化元年"。这不仅是德国、美国等海外全资子公司的相继成立，也不单单是一两起跨国并购的发生，而是一股历经十几年积淀的力量在各种因素交互作用下的发酵、升华，造就了东华如今锐不可当的国际化之势。

"东华要朝着链条制造企业世界第一的目标，进行全球的网络建设，使东华真正进入到大的国际主机配套领域。"显然，在宣碧华的心中，国际布局的目标不仅十分明确，而且已经指日可待了。

生养我者中国，促我成就者中国。

丁列明放弃到手的美国绿卡，

带领海归博士团队十年磨一剑，

研制出抗肺癌的凯美纳，

被称为民生领域内的"两弹一星"。

梦圆中国

Chinese Dream

——贝达药业海归博士团队创业散记

陆　原

上篇：凯美纳——与生命同行

2014 年 3 月 12 日，中午。

一位身材壮实、戴着眼镜的白发老者，在家人的陪同下，兴冲冲来到北京金霖酒店。探访在这里下榻的贝达药业有限公司董事长丁列明。

这位老者名叫郎鹏，曾担任解放军总后勤部老干部大学校长十多年。他得知丁列明来京参加十二届全国人大二次会议，便来到浙江代表团驻地的金霖酒店，当面向使他重获新生的"救命恩人"表示感谢。

郎鹏于 1933 年出生在黑龙江，1947 年参加解放军。他长期从事文化教学与研究工作，文史和书法颇有造诣，是中国书画家协会常务理事，中华文化促进会国防文化研究会会长。郎鹏每天工作忙碌而充实，虽然上了八十的年纪，但他感到身体有使不完的劲。

常言道："天有不测风云，人有旦夕祸福。"2013 年 7 月的一天夜里，郎鹏突然感到胸口剧痛难忍。家人马上送他到医院救治，检查结果令大家大吃一惊，原来他患上了非小细胞肺癌，且是晚期。

作为一名老军人，郎鹏没有被癌症所吓倒，他积极与医师沟通，研究治疗方案。按当前治疗肿瘤的稳妥办法，普遍采用的是化疗。化疗可以直接杀死癌细胞，疗效迅速而显著。但是，医师也明确告诉他，化疗也会造成机体多方面功能的损伤，化疗后的病人会出现非常明显的骨髓抑制、脱发、消瘦、食欲下降等毒副作用。

医师告诉郎鹏，还有一种治疗非小细胞肺癌的方法，是服用靶向抗癌药物。目前，世界上分别有英国的阿斯利康、瑞士的罗氏和中国的贝达能生产治疗非小细胞肺癌的靶向抗癌药。中国贝达药业生产的靶向抗癌药——凯美纳，于 2011 年正式上市并投放市场。

郎鹏自己查找资料，研究这两种治疗的利弊。他认为，化疗对人体的免疫力损伤太大，老年人经受不起，他认为还是服用靶向抗癌药比较好。作为军人，他对"靶向"两字特别感兴趣。他问医师，"靶向"是不是瞄准癌细胞"发射"，不损伤其他细胞？医师说，顾名思义，是这个道理。

在选择国外和国内的靶向抗癌药中，郎鹏决定服用国内贝达药业有限公司生产的小分子靶向抗癌药凯美纳。他从网上了解到，抗肺癌药凯美纳，是以丁列明为首的一批博士从美国回国经十年研制而成，被卫生部部长陈竺赞誉为堪称民生方面的"两弹一星"。

十年研发，艰辛肯定不少，郎鹏被这一批海归博士执着的创业精神所感动，被他们开创了世界高端抗癌药的功绩所感动，他决定选用凯美纳作为自己的救命药品。

服用凯美纳后，郎鹏明显感到咳嗽减少，原先的胸闷、气急、呼吸困难等症状也大大减轻，睡眠和饮食大有好转，人也精神起来。在医院里，郎鹏能够完全做到生活自理，他把陪护也辞退了。

不到一个月，老人基本恢复到发病前的状态，他可以出院了。

出院那天，病区的医师护士们特地为他举办了欢送会。在欢送会上，郎鹏朗诵了一首《沁园春·红梅颂》：

瑞雪纷纷，报晓红梅，映日满天。北方家乡地，南疆新树，天香国色，千里平川。一束红花，纵横交错，一夜三春遍故园。光阴短，怒放花枝俏，无限江山。英姿含笑翩跹，道正气冰天雪地言。且一身傲骨，光明磊落，春风几度，未付流年。无怨青春，齐心合力，携手同书新卷篇。天涯路，伴风云岁月，挺立中坚。

坚韧不屈、逆境奋发、笑傲江山、大气磅礴的词意，在郎鹏充满激情的朗诵中，得以完美的诠释。在场的医师和护士们被深深地感染，大家情不自禁地报以热烈的掌声。

当郎鹏在大家的祝福声中挺着笔直的腰板走出医院的大门时，他感到自己当初被抬着进医院，现在能自己走着出医院，全赖"凯美纳"这一好药，他庆幸自己当时治疗时的正确选择。

意想不到的事还在后面。2014年1月，郎鹏接到通知，他今后服用的凯美纳不需要付费了。这简直难以置信！当他进一步了解后得知，贝达公司与中国药促会合作，开展凯美纳后续免费赠药项目，为所有服用凯美纳六个月后仍有效的患者都免费提供药物。郎鹏感动不已，感到贝达公司人文关怀的深厚，觉得贝达公司的领头人了不起，不但带领团队研发了这么高疗效的抗癌药，而且还这么有爱心。

春阳丽美，和风温暖。在金霖酒店，当郎鹏一见到丁列明，便紧紧握着他的手说："你们研发了这么好的药品，让我获得重生，还给我们患者这么好的优惠政策，太感谢你们了！"

丁列明笑着说："看到郎老身体恢复得这么好，我们也感到很高兴！"

郎鹏畅谈了自己服用凯美纳的感受，衷心希望贝达公司事业兴旺，为中国老百姓研发出更多更好的高端药品。

丁列明完全理解郎鹏老先生的心情。凯美纳自上市的三年多来，他已接到了许多肺癌患者的致谢。

丁列明还记得，2013 年 9 月的一天下午，秘书给他送来了一篮新鲜桂圆，说这是福建莆田的一位小伙子代他患病的父亲送给贝达公司的，以表示对贝达公司的感谢。

丁列明知道这一个病人的案例。他叫阮亚銮，是一位农民，2011 年 8 月，他被莆田某医院确诊为晚期肺癌脑转移并骨转移。才 62 岁的他，被医师判定为没有几天生命了。

在浙江打工的儿子抱着一线希望，把父亲从福建莆田老家接到浙江肿瘤医院救治。经过对肺部、脑部病灶的放疗，阮亚銮神志开始清醒起来，剧烈呕吐的症状也开始减轻，家人感到无比欣喜，感到老人有救了。但是医师却给他们泼了冷水，复查结果：肺部病灶还在扩大，脑部肿瘤也未控制。

阮亚銮的儿子流着泪恳求医师想想办法救他父亲一命。

医师说："那服用一下抗癌新药凯美纳吧？"

"行，就按你们说的办！"阮亚銮的儿子擦着眼泪回答说。

国庆节后的第二天，阮亚銮拿着凯美纳药片，疑虑地跟儿子说："放疗也不管用了，吃药还有效果吗？"

在农村老百姓的印象里，生癌的人如果不能开刀，放疗又没有效果，那就等于没有活命的希望了。

儿子安慰说："医师说吃这种药有希望，我们要相信医师！"

阮亚銮抱着将信将疑的心态，每天服用凯美纳，不知不觉间，身体感到一天天舒服起来，人也一天天精神起来，一个月后，能够下床走动了。他走出病房，感受到阳光的温暖，感受到凯美纳药品的神奇。

阮亚銮思乡心切，跟儿子说："住院费用高，带着药回家吃吧？"

出院后，阮亚銮充满信心地又服用了一个月的凯美纳。根据医师的嘱咐，他到医院通过 CT 检查，医师看了检查结果后说，肺部肿瘤病灶缩小了，小结节也消失，脑部转移灶也缩小了。

这让一家人高兴不已。

兔年辞谢去，龙年飞腾来。在农历 2011 年除夕之夜，阮亚銮一家人团聚迎新，大家看到一家之主身体不断好转，都感到无比喜悦，认为凯美纳一定能带来福音。

阮亚銮从 10 月 2 日开始服用凯美纳，6 个月后，他不但可以出门走路，还可以与村里的人们一起打牌娱乐。更让他高兴的是，他的后续用药获得了贝达公司免费赠送。

有一次，阮亚銮到莆田某医院复查，当年救治过他的医师看到他吃惊地说："你还活着？"

阮亚銮笑着说："家里造房子，我还能一起干活呢！"

医师们都感慨地说："这真是奇迹！"

阮亚銮说："多亏了凯美纳，让我活到今天！"

莆田盛产桂圆，当 9 月桂圆成熟时，阮亚銮精心挑选了两三篮上好的鲜桂圆，要儿子送给贝达公司的员工尝尝。他跟儿子说："他们生产的药救了我的命，还免费送药给我，我今后每年都要给他们送桂圆！"

丁列明听了秘书传述的话，剥开一颗新鲜的桂圆送到嘴里，感到甜在口里，喜在心里。让中国老百姓受惠于"凯美纳"，这是他所希望的。

在金霖酒店，当郎鹏老先生详谈服用凯美纳后的神奇效果，丁列明也为老先生能从病魔中挣脱出来而高兴。

临别时，郎鹏拿出一幅自己书写的书法作品赠送给丁列明。

丁列明看到这是一幅用行书写在洁白宣纸上的横额，书写的内容是："贝达药企志为民，艰辛创业显精神。乐善好施真情在，自主品牌扬国门。"落款的小字为："敬贝达公司，郎鹏，甲午初春书北京。"

作品诗文激情充沛，文采飞扬，书法笔力雄健，遒劲粗犷，豪情奔放，气韵生动，看不出这幅作品是出自一个年高八十，且是肺癌患者之手。

丁列明感动地跟郎鹏老先生说："谢谢郎老的深情厚意，我们一定会让贝达公司的药品造福更多的老百姓……"

郎鹏笑着说："好好，希望你们大有作为！"说罢，与丁列明握手告别。

丁列明看着郎鹏老先生挺直的腰背和稳健的步伐，内心感到由衷地欣慰。贝达公司能制造出具有中国人自主知识产权的高端抗癌药，拯救死亡线上的患者生命，这就是他和一批博士们从美国回到中国创业的初衷和梦想。

中篇：十年意志恒久梦

位于美国阿肯色州首府小石城的阿肯色大学医学院，成为丁列明人生中一个重要的驿站。

1963 年出生在中国越剧之乡浙江嵊县农村的丁列明，在他成长的岁月里，没有想到有朝一日会与美国的阿肯色大学医学院联系在一起。因为直到 17 岁，他才第一次来到浙江的省会城市杭州。那是 1979 年，他考上了浙江医科大学，成为乡邻们的骄傲，大家认为这是丁列明人生到达的辉煌顶点。因为在那时的农村，年轻人能够考上大学、跳出农门，已经是凤毛麟角。

丁列明大学本科毕业后，于 1984 年秋被分配到嵊县卫生防疫站。在那时的嵊县，预防流行出血热是卫生防疫工作的重点。这种以老鼠为宿主的传染病给该地区的老百姓健康带来了很大影响，以至造成有些百姓恐慌。

治疗这种传染病没有特效的方法，只有通过灭鼠来预防。这种收效甚微，且劳民伤财的预防措施，使丁列明深感科技和知识的重要。于是，他又重新考入浙江医科大学，就读传染病学研究生课程。1989 年获得浙江医科大学传染病学硕士学位，因为成绩优秀，毕业后留校从事研究工作。

命运总是垂青付出辛勤劳动的人。随着中国的改革开放，国门大开，年轻学子有机会出国留学。1992 年 6 月，丁列明受学校委派，去美国交流，学习深造。

有人说丁列明能折腾，有人说丁列明志向高远，有人说丁列明贪图美国的生活，大家认为丁列明以访问学者为跳板，从此在美国不会回来了。

丁列明在西弗吉尼亚大学结束医学院传染病学访问学者后，转入阿肯色大学肿瘤中心从事基因治疗研究。1996 年，丁列明通过美国医学博士考试，于 2000 年成为阿肯色大学附属医院病理科执业医师，每年收入达 20 万美元，他和妻儿一家人居住在自购的小石城别墅里，其乐融融。

丁列明用十年时间，实现了一个中国人在美国立足、立业、享受高档生活的梦想。然而，在丁列明的内心，在美国得到的幸福，并不是他所最终的追求。

有时，丁列明坐在别墅的花园里，看着四周的青山，常常自问自己："难道自己一辈子就这样在异国他乡衣食无忧'幸福'地生活下去？"

一直来，丁列明没有加入美国籍，就是想有朝一日要回到中国，把自己所学的知识回报给祖国。他每次与中国留学生们相聚时，都在谈怎样为祖国做事，怎样为中国老百姓造福！

正是由于丁列明这一份报效祖国的理想情怀，广为同学朋友所熟知，2002 年 7 月的一天，同学王印祥博士的一个电话给丁列明的心海掀起了波澜。

　　王印祥于 1965 年出生在河北，曾就读于中国预防医学科学院毒理学硕士研究生，毕业后在北京大学医学部任免疫学教研室教师，1993 年到阿肯色大学医学院就读生物化学专业博士。获取博士学位后，1999 年又到耶鲁大学分子生物物理和生物化学系就读博士后，成为正高级工程师。王印祥在阿肯色大学医学院就学期间，与丁列明成为很要好的朋友。

　　这一天，王印祥给丁列明介绍认识了美籍华人张晓东。张晓东毕业于美国马里兰州大学医用化学专业，获医用化学博士学位，于 1996 年在美国创办 Beta Pharma Inc，专为美国一些大型医药公司提供药物设计及合成服务。王印祥和张晓东是同学，他得知张晓东在实验室初步筛选出一种在世界上具有先进性的靶向治疗肺癌的化合物。王印祥知道丁列明有创业的能力和激情，就把张晓东约来共同商讨实验室研发之后的新药推进工作。

　　丁列明对靶向抗肺癌新药很感兴趣，认为这是具有划时代意义的治疗肺癌新产品。在王印祥的心里，对研发这种靶向抗肿瘤药有信心，而且这是揭开中国抗肿瘤治疗新的历史篇章，他跟丁列明说，值得一试！

　　肺癌，是发病率和死亡率排名都在首位的恶性肿瘤。而比较可怕的是，患上肺癌初期，人们一般不易察觉，当一旦感到肺癌引起的不适症状，大都到了肺癌晚期。

　　靶向抗肺癌药可以有效抗击癌细胞生长，减轻病人因治疗产生的痛苦。丁列明知道，如果这种新药一旦研发成功投放市场，将大大造福民众。

　　在美国，一种新药从实验室研发后到成为上市药品，需要两个"十"，即需要十年时间，需要十亿美金。这两个"十"，就是两个沉重的十字架，会压得一些经济实力不雄厚的公司无法承担开发任务。

　　丁列明和王印祥都知道，凭他们现有的经济能力，在美国根本无法实现新药上市目标。

丁列明知道这次是一次机遇，他决心回到中国研发这种靶向抗肺癌新药，把它推向中国市场，首先让中国百姓受惠先进科技的福音。

就这样，心情激荡的丁列明，在美国的土地上拉开了实现他中国梦的序幕。

2002年8月13日，丁列明乘飞机回到中国，在他学习、工作、生活过的浙江杭州，利用人脉资源寻找创业合作伙伴。

丁列明和王印祥等海归博士们回国研发高新药品，得到杭州市相关部门的大力支持。2003年1月，丁列明一路绿灯在杭州余杭经济技术开发区创办了浙江贝达药业有限公司，丁列明任公司董事长，王印祥任总经理。不久之后，在北京设立新药研究开发中心。中心下设合成室、分析室、药理室、制剂室、医学部、知识产权部等，由王印祥在此带领科研人员具体负责新药研发攻关。

在新药研发的过程中，杭州的金融系统给丁列明的海归团队创业予以极大支持，一家银行一下子给他们贷款3000万元。许多人感到难以想象，一家没有资产、产品还在研发的公司，银行能这样大胆投钱，胆子也真是太大了？

蓝天高远，任鸟飞翔。在政府部门和银行的大力支持下，丁列明这些海归博士们，信心百倍地在中国开启了推进小分子靶向抗癌新药的研发。

许多人认为丁列明他们是在瞎搞，一帮书生气十足的科学家要想成为创业的实业家，是脑袋瓜发热！要想研发出世界上这么先进的抗癌新药，简直是天方夜谭！

在丁列明的血液里，流淌着勇于创新、坚韧不拔的浙江精神。丁列明对员工们说："常说开弓没有回头箭，一定要研发出具有中国自主知识产权的抗癌新药！"

一天，谭芬来博士到小石城丁列明的家，同学相聚，无话不谈。他关切地问丁列明新药研发情况。

谭芬来与丁列明同龄，同是 1963 年出生，他曾是广州中医药大学讲师，后到阿肯色大学医学院读生理学博士，就在那时与丁列明成为同学加朋友。2000 年，谭芬来到美国克里夫兰临床医学研究中心读博士后，2003 年在密歇根大学医学院、生命科学院做博士后研究。

谭芬来热情开朗，善交朋友，又是医学专家。在丁列明的眼里，他是一个企业拓展业务不可多得的人才。他希望谭芬来到中国与他们一起研发靶向抗癌新药。

谭芬来爽朗地说："你和王印祥两位老同学都回国创大业了，我还有什么话说，我随时听你的电话。你叫我什么时候去中国，我就什么时候去！"

丁列明笑着说："等到药物进入临床试验，到那时就该你出马。"

谭芬来与丁列明击掌："一言为定！"

2006 年 6 月的一天，谭芬来在大洋彼岸的美国接到丁列明从中国打来的电话："盐酸埃克替尼被批准进入临床试验了！"

谭芬来马上说："我处理好美国这边的各种事务，就回中国与你们一起干！"

盐酸埃克替尼上临床，丁列明的团队们为了使人们记得住这一种新药，他们给它取的商品名为"凯美纳"，即拉丁文"肺的健康食品"的意思，他们期望这种新药能给人们肺的健康带来福音。

凯美纳上临床，这是丁列明海归博士团队们所希望的，但这意味着他们要筹建自己的生产厂房，这需要投入几千万元的资金。丁列明为此而四处奔波。

杭州市有关部门也积极为他们搜寻相关信息，当他们获知位于杭州余杭经济技术开发区有一家药厂需要转让，便为贝达公司牵线搭桥。余杭区政府非常有远见，认为这一批海归博士在做一件利国利民的大事业。他们决定，若是贝达公司落户余杭经济技术开发区收购这家药厂，余杭区政府将给公司 1300 万元的资金支持，并给以丁列明为核心的博士团队每人一套人才专用房和一笔安家费用。

这样的优惠条件，让丁列明的海归团队们进一步感受到中国各级政府的关心和帮助。

2006 年 12 月，贝达公司搬进了余杭经济技术开发区属于自己的生产基地。

2007 年 3 月，春暖花开。贝达公司得到了好消息，凯美纳获中国知识产权局发明专利授权。

2007 年 9 月，贝达公司在北京买下了一幢研发大楼。

……

贝达公司的快速发展，让丁列明和博士团队们更加充满成功的信心，增添了创业的力量。

凯美纳进入临床试验，需要联系国内联合搞试验的医院。谭芬来和同事们一家家医院去联系，他在国内医学院当过教师，有的学生已成为一些著名医院的科室负责人。为了凯美纳能进入这些医院的临床试验，谭芬来放下老师的尊严，在门外等待学生的召见。

有一次，王印祥和谭芬来去一家医院寻找一位负责人，想洽谈凯美纳进入该院临床试验，但这位负责人说没时间。于是，两位博士便在外面一直等着。下班时，这位负责人见他们还等在外面，感到惊讶，他被两位博士的执着精神所感动，便留下来洽谈凯美纳的临床试验一事。

这些博士们，都是有尊严的高级知识分子，为了在中国能成功研发凯美纳，他们放下尊严，承受种种创业艰苦，顽强前行。

凯美纳 I 期临床试验结束后，顺利地进入 II 期临床试验，效果很理想。

这一连串的喜讯，让贝达的员工们欢欣鼓舞，大家仿佛看到了希望的曙光即将照射在他们的身上。

然而，万万想不到的是，大洋彼岸一只蝴蝶翅膀的扇动，竟让全世界也为之波澜汹涌。

2008 年美国爆发的金融危机，席卷全球，波及杭州余杭的贝达公司。

10 月的一天，天高云淡，阳光透出清爽的味道。这应该是一个令人心旷神怡、让人萌生到野外郊游的好天气。

丁列明的手机响了，是一个来自跨国风险投资公司的电话。这家公司原计划投资凯美纳研发，他们看中凯美纳是一项具有世界领先的高科技创新项目，将会是引领未来抗肿瘤治疗的一种新药。

跨国公司的电话给丁列明带来的却不是利好的消息，而是说由于金融问题，决定撤销对凯美纳研发的投资。

凯美纳自 2006 年进入临床试验，几年来的 Ⅰ 期、Ⅱ 期临床试验，花费了丁列明海归团队所能筹集到的大量资金。到 2008 年下半年，贝达公司还欠银行 3000 万元贷款。在即将进行的凯美纳Ⅲ期大规模临床试验中，需要高达 5000 万元人民币费用。跨国风投公司取消计划投资，不但会导致凯美纳胎死腹中，贝达公司也可能面临破产倒闭的危险。

以丁列明为首的海归博士团队，面对风投公司的突然变故，情急之下，大家也立刻各显神通，四处筹钱。但在全球金融危机的四面楚歌下，大家的日子都不好过，金融界首当其冲，企业界也泥菩萨过河自身难保。在金融资本和产业资本都无法提供支持的境况下，贝达公司的发展陷入了沼泽地。

国外许多人跟丁列明和王印祥说："你们何苦呢？把凯美纳

研发成果卖给外国大型药业挣点就行了，你们这样瞎搞，不但养活不了自己，搞不好一个个会倾家荡产！"

海归博士们不理会大家的劝说和议论，不放弃自己的远大志向，为了实现中国的自主创新品牌，让中国的老百姓能吃上中国人自己研发的低价药，大家各自忍痛低价卖掉自己的股票，各人还以自己的房产作抵押筹资贷款。

但是，博士团队千方百计筹集的钱，对于凯美纳Ⅲ期临床试验所需的巨大资金，只是杯水车薪。

在贝达公司生死存亡的关键时刻，余杭经济技术开发区得知贝达公司艰难的处境，马上把这一情况向余杭区党委、政府领导作了汇报。领导们十分重视，召开专题会议，研究对贝达扶持解困的办法。按照余杭区创业投资引导基金管理办法规定，该基金的支持对象为年销售额在3000万元以下的相关企业。贝达公司作为一家新药研发期的企业，根本没有销售收入，显然不属于支持对象。然而，具有开拓创新精神的余杭区相关领导，看到丁列明等博士团队的创业精神和凯美纳的科技含量，大家认为，在目前贝达公司极度困难时期，必须扶他们一把。会议决定，超常规从余杭区创业投资引导基金中，拿出1500万元支持贝达公司凯美纳的Ⅲ期临床试验。

当丁列明等博士团队得到这一消息，大家无不感到振奋。贝达公司从落户到余杭经济技术开发区，3年来没有给余杭区创造税收效益，反而得到当地政府将近3000万元的支持。万一凯美纳研发不成功，这就意味着他们扶持的巨额资金打了水漂。

余杭区政府对他们的极大信任，海归博士们感动非凡。

杭州市市长得知贝达公司的困难，也亲自出马，到处为他们筹钱。

在各级有关部门的帮助下，国家重大新药创制专项基金给了贝达公司366万元支持，浙江省和杭州市也通过各种项目和途径，帮助解决凯美纳Ⅲ期临床试验的资金不足。

最困难的时候，有人雪中送炭，这种关怀最让人刻骨铭心，能给人以无穷的奋发力量。贝达的博士们在大家的关怀温暖中下定决心，不管遇到多少困难，也要把凯美纳研发成功，不辜负各级政府的期望。

2009年2月，又是一年春暖花开时。

在北京医科院肿瘤医院附近的一个宾馆会议室里，上百名肿瘤专家济济一堂，Ⅲ期临床研究的启动会正式召开。

Ⅲ期临床试验，要用同类一种药进行头对头比较研究。在世界上治肺癌的两种上市药"易瑞沙"和"特罗凯"，都已在中国上市。凯美纳直接与进口药进行PK，这是国内业界从未做过的事，这不但需要胆略和勇气，也需要高昂的代价。

大家把目光投到丁列明董事长身上，这个主意得由他来拿。

丁列明知道大家的心思，他说："我们既然要开创未来，走向世界，那就挑战一下目前世界领先的抗肺癌药易瑞沙吧！"

大家报以热烈的掌声，这掌声是对丁列明勇气、信心、胆魄的赞许，也是大家对抗癌新药凯美纳的期盼。

易瑞沙一颗药需要550元，贝达公司花了2600万元购买，把它与凯美纳一起，交给Ⅲ期临床双盲对照试验专家委员会。这次试验由中国工程院院士、中国医学科学院肿瘤医院教授孙燕领导。

所谓双盲对照试验，是指执行研究者和研究对象都不知道每个对象被分配到哪一组，全由第三方来负责安排、监督整个试验，也只有试验的第三方知道盲底。

凯美纳Ⅲ期临床试验差不多要花一年半时间，从开始双盲对照试验的这一天起，贝达公司的员工们和关心研究的专家们，都替丁列明等海归博士团队捏一把汗。十年研发，成功与否，所有投资能否得到应有的回报，全看这一次试验结果了。

但大家看到丁列明每天不急不躁，星期天还满有兴致带着一些员工到余杭周边去爬山。大家觉得董事长有大将风度，临阵不乱，是一个干大事的人。

在开展凯美纳Ⅲ期临床试验的同时，丁列明积极准备凯美纳的产业化。

2009年8月18日，按照广东人的习惯认识，"818"，是一个"发要发"的好日子。然而，这个"好日子"对贝达公司来说，却是惊心失财的一天。这一天，凯美纳原料药在放大试生产时，由于是首次生产，各项反应参数不确切，温度控制超出了限度，一锅价值50多万元物料变成了硬如石头的废物，试生产的进程也就此卡了壳。

丁列明得到这一消息，来到车间，面对三名一脸沮丧、愧疚、惊慌失措的试生产组员说："这不怪你们，我们做的就是以前别人没有做过的事情，失败常常伴随着我们，放大试生产也不例外，总结经验，相信你们下一次会做好的。"

大家知道，在贝达公司创业的这些年来，为了节约开支，丁列明出差从不带秘书，一个人背着一只双肩包全国各地到处飞，听说他在机场常吃方便面。员工们知道，他这是以身作则节约每一分钱。

丁列明对试生产组员没一句责骂，这使参加试生产的同事都得到安慰和感动。丁列明越是这么宽容，员工们对自己不是失误的"失误"越是不能原谅。自此以后，参加试生产的员工们勤奋学习生产工艺，严格操作规程，注重安全和质量，将操作误差降到最低。现在，这三位员工已成长为车间负责人。

2010年6月15日，在中国医学科学院肿瘤医院，凯美纳临床Ⅲ期试验结果在王印祥和谭芬来两位博士期待的目光中，由孙燕院士揭盲。

揭盲显示，凯美纳的肺部肿瘤无进展生存期比易瑞沙高出34%；而不良反应中，患皮疹率比易瑞沙低 9.2%、腹泻率比易瑞沙低 9.1%、转氨酶升高率比易瑞沙低 4.6%。总的来说，各项临床试验结果证明，凯美纳都要优于同类进口药易瑞沙。

这一双盲比试结果，意味着凯美纳走在世界同类药品的前列，这使在场的王印祥和谭芬来两位博士欢欣不已，孙燕院士也无比兴奋。

远在杭州余杭贝达公司生产基地的丁列明，得到这一双盲比试结果消息，激动地推开办公室的窗户，遥看高远的天空，长长地出了一口气。

丁列明在想，第一个中国自主研发的小分子靶向抗癌药终于获得成功，过去一切艰辛和困苦，将成为美丽的历史。在贝达公司迎来全新的发展时期中，过去国家及省市区各级政府和各部门支持贝达公司研发，定将会得到加倍的回报。

从来不喝酒的丁列明，那天在和同事们庆贺时，也一起喝醉了。

2011 年 6 月 7 日，凯美纳获得国家食品药品监督管理局颁发的新药证书，丁列明马上把这一喜讯报告给余杭区政府，报告给杭州市政府，报告给一直关心支持贝达公司的各级领导。公司还决定把凯美纳投入市场的新闻发布会放在北京人民大会堂召开，向世界宣布中国具有首个完全自主知识产权小分子靶向抗癌创新药，中国从此可以终结依赖进口小分子靶向抗癌药的历史了！

2011 年 8 月 12 日下午，北京人民大会堂三楼小礼堂。由中国医药工业科研开发促进会和杭州市人民政府主办的"十一五"重大新药创制科技重大专项支持项目——盐酸埃克替尼（凯美纳）研发成果发布会在这里召开。

全国人大常委会副委员长、国家"十一五"重大新药创制科技重大专项技术总师桑国卫院士来了，卫生部部长陈竺来了，孙燕院士来了，中国医药工业科研开发促进会执行会长宋瑞霖来了，原全国政协副主席徐匡迪也发来贺信表示祝贺。

杭州市委常委、副市长沈坚主持新闻发布会。

会上，桑国卫说，新药研发十分不易，贝达公司新药研发成功，有力地推进了中国药物从仿制走向创制的快车道，为中国新药创制树立了榜样。

陈竺充满激情地说："贝达公司凯美纳新药研发成功，我认为是我们民生领域内，堪比 '两弹一星' 成果的重大突破！"

中国医学科学院肿瘤医院、上海交通大学附属胸科医院、同济大学附属上海肺科医院、广东省人民医院、中山大学附属肿瘤医院等专家和教授，畅谈了凯美纳在III期临床研究中的良好结果。

这场高规格的新药上市新闻发布会，是对以丁列明为首的海归博士团队开拓和创新、胆气和志气、智慧和毅力的倾情解读，是对他们为中国人争气、为中国老百姓谋福祉的奉献精神的极大褒奖。

下篇：心怀感恩再出发

"在贝达，是一群平凡的人干着不平凡的事。贝达公司的成功事业是靠团队来完成的，需要的是团队的力量与协作、每个人的智慧与努力。" 丁列明经常在公司会议上这样说。

员工们认为，丁列明说贝达"是一群平凡的人干着不平凡的事"，这是谦虚。公司130多名研发人员，8位留学归国博士，他们哪里是平凡的人？一个个都是不同寻常的英才！

贝达创始人丁列明、王印祥，以及后来陆续加入贝达公司的海归博士都是非常优秀的高端人才。

谭芬来，2007 年加入贝达公司，现任公司董事、副总裁、首席医学官，曾是美国克里夫兰临床医学研究中心任博士后、密歇根大学医学院生命科学院博士后研究员。

胡邵京，2009 年加入贝达公司，现任公司首席化学家，曾是美国耶鲁大学博士后、美国糖尿病研究院高级研究员。

朱凌宇，2012 年加盟贝达公司，现任公司战略合作副总裁，曾是美国华纳兰宝制药公司任博士后研究员、强生制药战略并购及商务拓展总监。

丁列明、王印祥、谭芬来、胡邵京、朱凌宇 5 位海归博士，还先后入选为国家"千人计划"专家，这足以说明这批海归博士团队的不平凡。

所谓"千人计划"，这是 2008 年《中央人才工作协调小组关于实施海外高层次人才引进计划的意见》的重要内容，即海外高层次人才引进计划，简称"千人计划"，由中组部负责实施，从 2008 年开始，用 5 年左右时间，围绕国家发展战略目标，在国家重点创新项目、学科、实验室以及中央企业和国有商业金融机构、以高新技术产业开发区为主的各类园区，引进 1000 名左右人才，并有重点地支持一批能够突破关键技术、发展高新产业、带动新兴学科的战略科学家和领军人才来中国创新创业。

在一个规模不算大的贝达公司，能同时拥有 5 位国家"千人计划"人才，在国内同样规模的企业里也实属罕见。

在贝达，每一个员工，都为自己是贝达公司的一员而感到骄傲和自豪，因为全体贝达人心里记着为之骄傲和自豪的一张张成绩单：

——具有世界高端科技成果的凯美纳新药研发成功，引起国际上的高度关注，凯美纳一二三期的临床研究结果在美国临床肿瘤年会、世界肺癌大会上公布，引起极大反响。

——2012 年，美国在全球新药研发年度报告中，把凯美纳列入其中，成为第一个受到国际机构认可的中国创制新药。

——2013 年 8 月 13 日，国际权威医学杂志 *The Lancet Oncology*（《柳叶刀——肿瘤学》）全文发表凯美纳Ⅲ期临床试验结果，杂志还加了编者按，称凯美纳是"中国第一个自主研发的抗癌药，开创了中国抗肿瘤药物研制的先河，是肿瘤治疗的一个里程碑"。

——2012 年和 2014 年，贝达公司的埃克替尼（凯美纳）的两个专利先后获得第十四届和第十六届中国专利金奖。

——2014 年 11 月 13 日，埃克替尼（凯美纳）治疗 EGFR 突变的晚期非小细胞肺癌一线适应症获批，该适应症的批准将会为我国广大肺癌患者提供一个新的治疗选择。

现在，凯美纳已得到国际专家、学者和权威机构的高度认可，更得到患者的有力检验。凯美纳上市 3 年多来，40000 多名肺癌患者接受凯美纳治疗，临床医师认为是目前在临床使用中安全性和耐受性最好的小分子靶向抗肺癌新药。

作为贝达公司当家人的丁列明，面对纷至沓来的成功喜讯，他深知凯美纳的研发成功，靠的是各级政府和社会各界的大力支持。他觉得自己当初选择回国创业是对的，每每盘点十多年来的各级各部门的支持，他都心怀感慨。

——2006 年 2 月，凯美纳项目获国家科技部"科技型中小企业技术创新基金" 110 万元资助。同年 9 月，凯美纳项目列入国家科技部"火炬计划"。

——2007 年 2 月，盐酸埃克替尼项目获国家科技部"十一五"863 计划支持，获得 330 万元资助。

——2007 年 7 月，凯美纳项目获浙江省第一批重大科技专项支持，得到 560 万元资助，并获杭州市重大科技专项 500 万元的支持。

——2008年11月，凯美纳项目获国家科技部"重大新药创制"专项366万元的支持。

——2011年，凯美纳项目获杭州市经委500万元的支持。

——2012年8月，凯美纳项目再次获国家科技部"重大新药创制"专项1321万元的支持。

这些年，各级各部门对凯美纳的研发资金资助达到3587万元，差不多占1.4亿人民币总研发费用的四分之一。凯美纳研发费用远远低于同类产品，这与各级各部门的大力支持分不开。特罗凯研发经费是10亿美金，易瑞沙研发费用是8亿美金。凯美纳的研发费用与他们相比，真是天差地远！博士们知道，只有在中国，他们的新药研发梦才能实现。

凯美纳上市了，贝达公司为国家创造了可观的收益，企业也获得了不错的回报，中国的老百姓则享受到了价低、质优的药品治疗。

为更好地减轻患者的经济负担，贝达公司还作出一项社会承诺，凡患者连续服用凯美纳6个月，且仍有疗效的，公司将免费赠送以后的治疗用药。如今，凯美纳的销售量和赠送量已经持平，社会贡献巨大。

贝达的海归博士团队却没有就此止步，他们的目标更加高远。他们计划以自主研发、战略合作、市场销售为三驾马车并驾齐驱，把贝达打造成一家总部在中国的跨国药业公司。

在自主研发上，贝达将不断优化研发队伍建设，建立合理的研发激励机制。在近一年时间内，又有两个自主研发的创新药申报临床研究批文，争取在5年内有1到2款新药上市。

在战略合作上，已与美国生物制药巨头安进公司结成战略合作伙伴。2013年，贝达与安进公司在中国成立了贝达安进制药有限公司，贝达公司以51%控股。安进公司的抗癌新药帕妥木单抗用于晚期结肠癌治疗有很好的疗效，已获全球 40 多个国家批准使用治疗。贝达安进公司引进帕妥木单抗该药在中国上市销售，目前该药在中国处于申报上市阶段。2013 年 10 月，贝达出资 2000 万美元，引进另一个治疗肺癌的靶向抗癌药 X-396，该药已在美国完成 II 期临床研究，效果令人鼓舞。

在市场销售上，公司继续做好凯美纳市场拓展和销售提升，在重点城市和医院开展攻坚战，并争取国家支持，让凯美纳进入医保和新型农村合作医疗报销范围（简称新农合）。目前，凯美纳已经进入浙江省和青岛市的医保报销范围。同时，期望更快地进入各省市的医保和新农合，让更多的晚期肺癌病人用上凯美纳。

"生养我者，中国；促我成就者，中国！"心怀感恩的丁列明放弃了到手的美国绿卡，妻子也回到了杭州安家。为中国医药事业的快速发展，为实现伟大的中国梦，博士们带领贝达人又背起行囊，在世界医药研发的高山上不息地攀登着。

这是一个打造产城融合的新区，
这是一块培育民族品牌的沃土，
本土企业托起了余杭经济技术开发区
的脊梁。

一方培育民族品牌的沃土

The Fertile Soil of National Brand

——余杭经济技术开发区本土企业发展纪实

春 潮

　　沃土出壮苗。而位于大运河畔的余杭经济技术开发区正是这样一方培育民族品牌的沃土。在这里，既有贝达药业、老板电器、春风摩托这样的"大牛牌"，又有微光电子、万通气门嘴、铁流离合器等等充满乡土气息的"小鲜肉"，许多名不见经传的"小不点"，进驻开发区后，"乌鸡"蜕变成"凤凰"。大批本土品牌脱颖而出，有力地振兴了民族工业，也深深吸引着八方宾客，余杭经济技术开发区的知名度更是与日俱增。

上篇：亨者，通也

　　隆冬的一天，藏在薄纱帐里的太阳时隐时现，但还是给路上匆匆的行人带来丝丝暖意。当我们走进坐落在余杭经济技术开发区西端的杭州永亨集团有限公司，只见厂区宽敞的露天货场上，一垛垛管材鳞次栉比，一阵阵机鸣声不绝于耳，一辆辆满载成品管材、管件的大卡整装待发……

　　经门卫指点，我们拾级而上，来到公司会议室等待主人介绍情况。与货场上车水马龙的热闹情景相比，这幢混凝土结构的老式筒子楼显得有些寂静。

"浙江实施五水共治给塑管业带发新契机，基础设施建设急需大量塑管，各种订单如雪花般飞来，老总们都奔波在生产第一线……"公司企管部副经理谢文力乐呵呵地说。

真可谓百闻不如一见。永亨的发展轨迹是沉甸甸的，永亨的品牌更是响当当的。

专注塑料管子生产的杭州永亨集团有限公司，是一家在余杭土生土长的企业，出生于上世纪末，成长于金融危机中，腾飞于五水共治时，虽说公司尚处在豆蔻年华，但在余杭经济技术开发区这个大家庭里算得上是一员老兵了。

在常人眼里，塑料管件似乎是个最简单不过的产品。殊不知，在改革开放前，它却是个稀有之物呢。那时，城市的排水排污管道几乎是青一色的铸铁管、水泥管，日久天长，造成锈蚀或断裂的现象时有发生。就拿余杭来说吧，一条从临平通往下沙的下水管道，每天承载着四五万吨污水的排放量，由于口径偏小，加上铸铁管年久失修，因而经常出现污水堵塞和渗漏，周边百姓怨声载道。到了 20 世纪 80 年代后期，塑料管开始进入城市基础设施建设之中，管道畅通的状况得到明显改变。敏感性极强的杨卫平看到了管件业广阔的市场前景，果断地从原来的通信产业退出，于 1998 年创办了"永亨高分子材料有限公司"，在余杭打响了开发塑料管件的第一枪。按公司创始人杨卫平自己的话说，"这回我是把鸡蛋全都装进了一个篮子里，因为塑管业前景无限。"

将企业取名"永亨"，意欲何为？《易经》云："亨者，通也"。亨，就是通达顺畅，杨卫平的解读让人茅塞顿开。这里面蕴含着三层意思：其一，寄予了对产品质量的永远追求；其二，是指一个领导应具有通达的能力；其三，也是财运亨通的意思。正是凭着这种畅想和自立自强的拼搏精神，杨卫平很快掘得了第一桶金。

初战告捷，使杨卫平和他的同伴们信心倍增。进入新世纪后，杨卫平怀着"我要做百年企业"的雄心壮志，又重拳出击接连打了三张牌：一是在产品开发上，坚持走"人无我有，人有我优"的发展之路。2007年，永亨投入1000多万元，成功开发了内径1米和1．2米的超大口径管子，成为国内同行业中独一无二的新产品，结束了大口径塑管依赖进口的历史，为此，公司被评为杭州市技改先进单位，并被列入国家火炬项目榜单。二是在市场布局上，按照"挺进华北、扎根西南"的经营方略，永亨通过深入考察，权衡利弊，于2007年至2009年三年内，先后在河北固安和四川双流各征地100亩，建起了两个塑管生产基地。三是在组织架构上，根据发展需要和企业当时实力，趁北京点燃奥运圣火的王道节日，将"杭州永亨高分子材料有限公司"正式更名组建为"杭州永亨集团有限公司"。

在全球金融危机不断蔓延的大背景下，许多中小企业或因原材料价格波动过大而歇业，或因资金链断裂而倒闭，可谓伤痕累累。永亨在此时打出三张牌，似乎有悖常理。其实，永亨也是金融危机的受害者，则是程度不同而已，譬如，房地产业萎缩，遭致公司的一部分塑管订单泡汤。但他们看到了"危"中有"机"，善于化"危"为"机"。正是由于不失时机地创建了固安、双流两个生产基地，以及加大对技改的投入，使公司分享到了国家投资4万亿的一瓢羹，解了汶川5·12大地震灾后重建急需大量塑料管道的燃眉之急。从公司的绩效来看，那三年也是沉甸甸的，其中2008年完成产值3．15亿元，比2007年增长30%，实现销售收入2．8亿元，比2007年增长27%，全年实现利税2000万元，主要经济指标都创下了历史新高。除此之外，建在固安的永鑫塑业子公司一天的销售额就有20万元，并一直保持着高速增长的态势。由此可见，公司打出的三张牌，是极具战略眼光的明智之举，是皆大欢喜的多赢牌。

　　"企业最困难也不能亏待员工。"公司掌门人杨卫平总是这样告诫自己。的确，无论是创业初期，还是在企业家庭越来越丰厚的今天，永亨始终恪守着"以人为本"的理念，永亨这朵绽放在开发区沃土里的鲜花由此而显得更加芬香扑鼻。你瞧，每年春节全体员工欢聚大酒店，上至董事长下至炊事员，团团圆圆吃年夜饭；外地员工春节回家，不管路途多远，车费概由公司报销；汶川大地震，公司二话没说，立即给来自灾区的80多名员工每人发了1000元慰问金……真情换来真心，员工把企业当成了自己的家，每当过完大年，员工如数报到，一个不落。
　　尤其值得一提的是，永亨为残疾人创造了众多就业岗位，在总部300多名员工中，残疾人占了四分之一。有位名叫周敏的小伙子，来自崇贤农村，患有小儿麻痹症，腿脚行动不便，中专毕业后，小周抱着忐忑不安的心理来到永亨应聘，没想到公司当即招聘了他，并根据他具有计算机专业的特长，把他安排到了公司计算机网络管理的岗位上，使小周的一技之长得到了充分发挥。这样的例子不胜枚举。许多残疾人异口同声地说："到永亨就业，人生价值得到升华，真是一种福分"。如果说，展现于2005年央视春晚的舞蹈《千手观音》带给观众的是心灵的震撼和美的享受，那么，为残疾人造福，则充分体现了企业家高度的社会责任感。

　　沃土出壮苗。永亨有今天的辉煌，当然离不开开发区良好的创业环境，得益于开发区管委会施放的"养分"，但最根本的，还是永亨有一个精明能干的团队。董事长杨卫平，高中毕业就到企业里摸爬滚打，别看他一副儒生相，干起活来却是个拼命三郎。在创业初试阶段，为了将公司研发的产品推销出去，杨卫平冒酷暑，顶严寒，走南闯北，风吹雨打，在管道施工现场总能见到他的身影，常常是一身汗水，满脸泥灰。在河北固安、四川双流两场突击战中，他亲赴现场选址，亲手编制方案，带领团队昼夜不停地奋战，确保了基地建设比预定时间提前两个月投产，速度之快，效率之高，受到当地政府部门频频赞叹，成都市政府为此还给予了永亨每亩地万元的奖励。在繁忙的工作之余，已过不惑之年的杨卫平还不忘"充电"，现已获得了上海交通大学颁发的工商管理硕士学历。

其实，永亨的员工也是蛮拼的。大家知道，干塑管业这一行，大部分时间在露天作业，而且是与泥水污水打交道，工作环境相当艰苦，但员工们乐此不疲，深深地爱着自己的工作岗位。军人出身的陈长伦是机修车间的老师傅，在一次战斗中双耳被炮火震聋，做机修工多有不便，但他勇于挑战自己，终于胜任了这份工作，被称为身残志坚的典范。2008年，远在河北固安的永鑫塑业子公司成立后，派谁到千里之外的他乡"坐镇"，霎那间让公司董事长杨卫平犯了愁，没有想到的是，员工们自觉服从组织安排，坚决听从公司召唤，8位员工，头天接到委任状，次日打起背包就出发，来到新的战场，他们恪尽职守，奋发努力，与当地员工一起甩开膀子干，2009年至2011年共实现销售收入3.8个亿，向公司献上了一份沉甸甸的厚礼。

永亨，这张在危机中成就的品牌，光彩是如此耀眼夺目。

中篇：流水欢歌

一花独放不是春，万紫千红春满园。具有天时地利的余杭经济技术开发区，堪称本土品牌的集聚地，坐落在该开发区东湖北路958号的浙江铁流离合器股份有限公司，就是又一张市场占有率颇高的知名品牌。与众不同的是，这张品牌渗透着西子湖秀水，打上了大运河印记。

1993 年 11 月，在中国改革开放总设计师邓小平"经济开发区大有希望"的伟大号令指引下，新一轮创业创新烽火在富庶的浙江大地燃起，余杭经济技术开发区正式升格为省级开发区。这里交通便捷，地灵人杰，吸引力不言而喻。2001 年 4 月，该开发区又被确认为浙江省首批挂牌的 4 家高新园区之一。至此，余杭经济技术开发区的孵化功能更加完备。

招商引资广告如雪花般飞来，土地价格优惠，创业头三年可减免企业营业税……种种优惠政策让人垂涎欲滴。

无巧不成书。此时已是妙龄少女的杭州西湖离合器有限公司（浙江铁流离合器股份有限公司前身）正在进行第四轮资产重组，面对余杭经济技术开发区抛来的橄榄枝，让他们怦怦心动，一阵欢喜。一则，随着企业规模的不断扩大，公司原有的场地已施展不开；二则，工业企业迁到城外、集聚发展是个大趋势，风景区更不是制造业的久留之地。这不，杭丝联、杭玻、都锦生、张小泉，这些大名鼎鼎的企业，有的已搬迁到了郊外，有的则转为了服务业。通过权衡利弊，将杭州西湖离合器有限公司整体搬迁至余杭经济技术开发区，很快在公司决策层达成共识。

2005 年，这位"西子姑娘"正式嫁到了余杭。

名曰杭州西湖离合器有限公司，其实是个"大家庭"，麾下拥有 6 个子公司，26 个销售公司，及"铁流"和"西湖"两个商标品牌。乔迁新址，园区占地面积 250 余亩，使铁流每个家庭成员都有自己的创业场所，确实是件一举多得的好事。许多新老客商纷纷投来敬佩的目光，赞扬"现在的'铁流'是好马配好鞍，广阔天地任其行"。

2009 年 11 月，为迎合公司上市需要，立志于把企业做强做大的张智林又使出了大手笔，对杭州铁流离合器股份有限公司和杭州西湖离合器股份有限公司进行资产重组，合并成立了浙江铁流离合器股份有限公司，专注于汽车离合器的生产和研究。这一举措，决不是简单的名称更替，而是企业发展史上的一次跨越。

想当年，杭州西湖离合器有限公司这位喝西湖水长大的"西子姑娘"出嫁时，西湖区政府多少有些舍不得这颗掌上明珠，恰如今，欣闻自家的"闺女"从大运河畔频频传来捷报，和颜悦色顿上眉梢。

作为国内生产离合器总成最大的龙头企业，浙江铁流的名气自然不小，业务量更是与日俱增。

2011 年，公司产值达到 8 个亿，离合器总成产量突破 400 万套大关，在随后的几年里，年均增长都在 50 万套以上。可是在十五六年前，他们的产品还是以供应售后、维修市场为主，是地地道道的配角。现在的铁流已从幕后走上了前台，高端、中端、低端三种类别的产品一应俱全，应有尽有，与各类进口车、国产车相配套的离合器已达 1000 多个品种。

如何进一步拓展铁流产品的市场价空间，最大限度地发挥铁流（西湖）品牌的效应，可不是一桩简单的事情，需要的是智慧和胆识。铁流的决策者们经过深入调研，反复论证，最终确立了"立足国内、面向国际、双轮驱动、主动出击"的营销方略。

在国内市场上，铁流通过艰苦努力，已在全国 30 多个大中城市开设了 1000 多个销售网点，以优质服务抢占了市场制高点，与此同时，公司善攀高亲，已成为东风汽车集团、中国一汽集团、北内集团汽车配件的定点供应商，在为昆明云内、成都云内、厦门金龙、苏州金龙、金旅客车、青年汽车、江淮汽车、北汽福田、合力叉车等发动机厂家进行配套的基础上，近几年又与杨柴股份、桂林玉柴机械、常柴、长安、柳微、锡柴等厂家建立了稳固的协作关系。对那些尚在使用的老解放牌汽车和老东风牌汽车，铁流以客户的需求为第一信号，仍每年为其提供 100 万套左右的离合器总成。

在国际市场上，铁流产品已远销美国、南美、南非、日本、东南亚、欧洲、中东等近 50 个国家和地区，并根据扩大对外合作需要，成立了西湖（美国）离合器有限公司和西湖（比利时）离合器有限公司。真可谓驾马踏世界，铁流之势如铁水奔流不可阻挡。

"创新意识强，发展道路宽"——这是我国已故著名社会学家费孝通为当时杭州西湖离合器有限公司写下的题词。如今，这个题词仍十分醒目地矗立在公司大厅里，激励着铁流前行。

浙江铁流的创新意识到底有多强，从公司在研发上超乎寻常的大投入可见一斑。

早在 2006 年，浙江铁流还是杭州西湖离合器有限公司时，就投入 2000 多万元巨资建起了国家级实验室研究中心。在随后的几年里，又不断追加投资，引进设备。目前，该中心已拥有国内先进的各类检测设备 50 余台，其中汽车离合器总成大型检测设备 20 余台，包括 2500 吨大型液压机床，800 吨冲床，日本进口整套热处理设备，等等。除了设备先进，研究中心更是人才济济，在 15 名工作人员中，有 12 位是中高级专业技术人员。可以承接的服务项目有：金属材料五大元素化学分析、汽车离合器总成性能检测、汽车用离合器面片摩擦性能试验、汽车用分离轴承总成及几何尺寸精密测量等。一个以自主知识产权为核心的科研体系的形成，为铁流的创新发展注入了充足而强大的马力，也使铁流的品牌更具魅力。

随着"法莱奥"、"萨克斯"等欧、美、日国际离合器巨头进入中国市场，离合器技术竞争和产能 PK 处于公开摊牌的状态。在这场竞争中，浙江铁流当然不会善罢甘休，而是憋着一股子劲，充分发挥自身的研发优势，扬长避短，攻坚克难，不仅在产品模块化、集合轴承、总成等关联产品开发上拔得了头筹，而且在新能源汽车专用离合器研发上获得了先机。

路漫漫其修远兮。用董事长张智林的话说:"公司要走的路还很长,也更为艰难,我们会坚定不移地走下去,这固然是我一生的追求,更是一个企业家对员工、对企业、对社会的一种责任。"

中篇II:双木成林泽四方

余杭经济技术开发区——一方培育本地品牌的沃土,这个评价一点儿不为过。浙江双林塑料机械有限公司的发展史对此已作出了最好的印证。

从做机械维修起家的双林是余杭的一家本土企业,又是首批进驻开发区的企业之一,屈指算来,至今在开发区这块沃土里已度过了十二个年头。12年,在时间的长河中显得是那样地短暂,但双林不忘乡愁,羽毛愈加丰盛,双林的品牌已响彻全国,传遍世界。

任何参天大树都是由小树苗成长起来的,双林也不例外。

创立于1987年的双林公司,选择生产塑料机械,有过一段小小的插曲。那是1995年,轻便而耐腐蚀的铝塑管非常走俏,在房产建造中被大量使用,但从德国引进一条铝塑管生产线需要1000多万元人民币,致使许多中小企业望而却步。时任双林机械总经理的施经东看在眼里,灵机顿生:"如能制造出这个设备,必定能抢得市场先机。"于是,由他挂帅,土法上马,小试牛刀,更确切地说是照葫芦画瓢,在祥符桥简陋的厂子里神神秘秘地开始了研制,不知经过多少个日日夜夜,终于试制出了首条简易的铝塑管生产线,并在《中国建设报》刊登了一条小广告。由于价格不足德国进口设备的十分之一,很快被买家相中。哈哈哈……这回总算拣了只"金元宝"。然而，让人始料未及的是，产品出售后却出现了一些故障，投诉电话接踵而来，尽管后来经过补救，客户甚为满意，但工艺上不成熟的阴影一直在双林人心里挥之不去。从这件事中使双林的决策者明白了一个道理："品牌是企业的生命，拘泥于仿造，难免会失去企业的美誉。"

知耻而后勇。2003 年，双林彻底告别作坊式经营模式，昂首挺进余杭经济技术开发区这个大赛场，从这时起，一个全新的双林展现在人们面前：

为了扩大生产能力，双林投资 2.5 亿，建造了总面积达 7.5 万平方米的厂房，建起了铝塑复合管生产线，16–1600mmPE 实壁管生产线，300–4000mm 聚乙烯缠绕增强管生产线，节能高速 PE-RT、PB 管生产线，一模四出 PVC 管生产线，钢塑复合管生产线，以及整体型塑料检查井设备等。

为了增强技术创新能力，双林坚持高起点，使出大手笔，投入 1000 余万元，与浙江大学机械研究所建立了紧密型合作关系，与浙江工业大学共建了工程研发中心，以专业立身的理念为客户创造价值，以敢超敢为的精神为客户提供安全、高效、环保的生产设备。不仅如此，公司还建立起了由 260 多名专业技术人员组成的研发团队，在这个团队中，不乏有中高级工程师，有的还是外国专家。

为了实现从制造向智造的跨越，双林高度重视信息化应用和自动化改造。在信息化方面，ERP 系统已覆盖采购、销售、库存、成本核算、应收账款、应付账款、财务总账、固定资产、报表等工作领域。在自动化方面，现已拥有大中型数控加工设备，并对产品采用自动化控制，如 PID 细化调节装置，配方管理一键导入数据，过程报警等一应俱全，公司还正在筹备购置大型自动切割机。总之，利用信息技术，加大对车间的主要工艺设备进行更新和改造已步入常态化。

　　为了打开国门，走向世界，双林选择通过展会的形式推销自己，并成功将产品推向全国乃至世界，在德国、俄罗斯、美国、伊朗等国举办的世界性大型塑料机械展会上总能见到双林的身影。双林这张从余杭经济技术开发区哺育出来的民族品牌，让不同肤色的外商大开眼界，每次参展下来，总有几百万美元的订单落入双林人腰包。双林从 2005 年开始外销，外销比例占总销售额的 20%－30%。目前，双林的产品已出口至美国、俄罗斯、西欧、中东、南美等 50 多个国家和地区。世界管道权威杂志德国 KWD《全球管道》曾对双林及其产品进行过正面报道。福泽四方，实至名归。

　　凡此种种，不一而足。这一大串"为了"，将双林人的梦想和盘托出，也为双林这艘航船指明了前进方向。

　　双林的坚持，还体现在对诚信的坚守。自进入余杭经济技术开发区以来，双林面对挑战，始终恪守"抓质量、重信誉"的经营理念和"先做人、再做事"的企业文化，一直在努力追求并实现着"四个第一"：第一先进的制造手段，第一完备的检测设施，第一的市场占有率，第一的美誉度目标。这些年，双林产品一直保持着 100% 的合格率，与此同时，公司还成立了一个由二三十人组成的服务团队，专门从事售后服务工作，无论是刮风下雨，还是节假休息，对客户打来的求助电话，总是随叫随到，24 小时不间断。一家与双林打了十多年交道的老客户称道："双林产品质量可靠，售后服务无微不至。"

　　"进入开发区，发展迈大步。"怀揣沉甸甸收获的双林人如是说。2008 年，全球金融危机袭来，许多中小企业首当其冲趴下了，双林的业绩不仅没受影响，反而创下了年产成套设备 1000 台套的新高。2010 年，公司被评定为国家重点支持领域的高新技术企业。2011 年，双林商标被认定为"中国驰名商标"。2014 年，浙江吹响五水共治号角，双林紧紧抓住这一商机，由其开发的直径 1.6 米的 SLPE 给水（燃气）实壁管和最大直径达 4 米的 SLPS 大口径聚乙烯缠绕增强管，在市政排污、输水工程、农业灌溉以及南水北调工程中被广泛应用。更为耀眼的是，近十年来，双林已享有自主知识产权的专利 62 项，其中铝塑复合管的销量和技术均位居全国第一，并被列入国家火炬计划。

双林在向着"福泽四方"的理想不断前行着，一路盛开的鲜花也在迎接着双林的脚步。"双林"和"永亨"完全称得上余杭经济技术开发区塑管行业的"绝代双雄"。

下篇：福达神州，斯人至尊

光阴似箭，日月如梭。2014 年，福斯达这颗游离于银河系、坐落在余杭经济技术开发区的"土星"到了而立之年。30 年，对于一个人来说恰好是风华正茂的年华，而对于一个企业来说往往是新一轮发展的开端。纵观杭州福斯达实业集团有限公司的崛起之路，足迹是那样地深沉而坚实。

1984 年，福斯达前身余杭县气体设备安装维修厂破土而出；

1993 年，第一套空分设备诞生；

2000 年，成立杭州福斯达气体设备有限公司；

2002 年，取得 ISO 认证；

2005 年，开发欧盟市场，采用 PED／CE 标识；

2006 年，与德国林德公司合作，成为其中国国内唯一合作伙伴；

2007 年，开发出国内第一套全国产化 LNG 装置液化气设备；福斯达新市生产基地投入使用；

2008 年，公司更名为杭州福斯达实业集团有限公司；列入国家重点高新技术企业名录；

2009 年，确立福斯达新一轮发展战略；与美国空气化工公司达成战略合作；

2010 年，成为国家核电行业合格供应商；福斯达商标被评为"浙江省著名商标"；

2011 年，与美国普克斯公司达成战略合作；

2012 年，成为德西尼布和派发特工程公司合格供应商；

2013 年，签订阳煤太化 6 万等级空分设备项目，进入特大型空分领域；

2014 年，占地 80 亩的总部生产基地正式落成。

这张由福斯达人用心血和汗水书写的年谱，折射出福斯达公司过去 30 年由小到大、由弱到强的耀眼光芒，也展示了福斯达公司未来发展的宏伟蓝图。

福斯达抱着振兴民族，工业梦想，在气体分离设备行业脱颖而出。1984 年，改革开放的春风唤醒了沉睡的亿万农民，乡镇企业如雨后春笋破土而出，大量涌现。位于杭嘉湖平原和京杭大运河南端重镇——临平，突然间冒出了一家名为余杭县气体设备安装维修厂的小企业（杭州福斯达实业集团有限公司前身），和当时其他的民营企业一样，它也被贴上了一张集体企业的标签。但这并没有改变它"草根经济"的属性。

余杭，素称"鱼米之乡，丝绸之府，花果之地，文化之邦"，又是良渚文化的发源地。余杭的丝织品早在民国时期就蜚声海内外，塘栖枇杷、大观山水蜜桃堪称果中之王。因而在上世纪八十年代，号称浙江乡镇企业"四小龙"之一的余杭，做丝绸面料的企业特别多，丝绸业一下子成了余杭的支柱产业。干气体设备安装维修这一行，能否站稳脚跟、占领市场？时时刻刻考验着企业创始人。

万事开头难。时任厂长葛水福深知，气体设备安装维修是门技术活，自己是个"泥腿子"，喝得墨水不多，更没有读过机械专业。但他没有气馁，坚信勤奋和执着可以补拙。在创业初始阶段，他白天当老板，晚上睡地板，亲自出马，走南闯北，问计于市场，四处寻找合作伙伴，最终确立了以制氧机维修及零部件生产为自己立业的起始点，由此掘得了第一桶金。随着资本积累的增大，发展也有了更充足的底气，90年代初期，在葛水福带领下，成功研制出了第一套150全低压空分设备。梦想终于成真。

草窝里飞出金凤凰，名不见经传的小企业从此声誉鹊起，一发不可收。2000年，新世纪元年的曙光在东方地平线上冉冉升起，国有企业改革如火如荼，中国成功加入WTO……这一切的一切，给民营企业带来的契机不可计数，也就在这一年，余杭县气体设备安装维修厂正式更名为杭州福斯达气体设备有限公司，业务定位为小型制氧机的研发制造。福斯达从此走上低温分离装备制造领域的发展之路。经公司员工一致推举，葛水福也坐上了董事长兼总经理的交椅。随着企业渐渐长大，福斯达随后又两次更名。

好雨知时节，当春乃发生。如今，福斯达制造的空分设备已走俏神州众多行业，创业的酸甜苦辣在葛水福这位掌门人的脸上留下了斑斑痕迹。为了打造百年基业，他仍保持着创业初期的那股劲，那种艰苦朴素精神，小车不倒只管推，带领团队朝着更高的目标奋进。

福斯达紧盯当今世界前沿技术，在激烈的市场博弈中独领风骚。"2000年至2006年，我们一直是一个在行业里兢兢业业、勤勤恳恳、认认真真致力于小空分成套设备设计和制造的企业，从中寻找着市场的突破口。"公司总裁葛浩俊如是说。

事实确实如此。进入新世纪以来，福斯达根据自己的市场定位，在产品开发上好戏连台。2002年，福斯达研制开发了全低压流程

550m^3/h、180m^3/h 和 80m^3/h 等空分设备，其中 180m^3/h 空分设备于当年 12 月 28 日通过省级新产品鉴定。

福斯达在做好小型空分设备制造的同时，还注重往宽领域方向发展。EPC 项目就是福斯达的拓展方向之一。据悉，福斯达第一个真正意义上的 EPC 项目是 2003 年为上海重型机械厂建造的两套 KDON-1000/1100 空分设备。该项目的设计、制造、土建、设备安装等多项工作都是由福斯达一手操作的。善啃硬骨头的福斯达技术团队发扬自强不息的精神，终于向业主方交了一份满意的答卷。这两套空分设备是配套小型钢铁生产线使用的，具有简单 DCS 控制系统，生产的氧气纯度大于等于 99.6%，产品能耗则小于或等于 0.6Kw·h/Nm^{3}O2。

"2009 年是福斯达的战略年，也是福斯达飞速发展的又一个起跑点"。说到这里，葛浩俊"高八度"的嗓音显得更加铿锵有力："这一年，从一线员工到部门经理，再到公司副总、老总，人人献计献策，花了足足一年时间，做了企业战略规划，包括愿景与使命、核心竞争力、品牌塑造、经营理念等诸多方面……"。在市场定位上，福斯达推出了四大主打业务市场，即液化天然气装置，国内大中型空分，标准化中小空分和高氧装置。

在 2009 年前，福斯达承接的液化天然气项目基本保持在每年两套。其中，为天津大港和内蒙古包头做得两个 10 万方液化天然气装置项目，获得客户频频赞叹。从 2010 年起，福斯达承接的液化天然气项目每年达到了 5 至 6 套。在常人看来，这个增速似乎显得有些慢热，但这恰恰体现了福斯达稳扎稳打、厚积薄发的经营理念。

花香自有蜜蜂来。近几年，福斯达的小空分设备订单似雪花般飞来，大空分项目也做得风生水起，继 2013 年 1 月 30 日福斯达与山西阳煤集团签订 60000Nm^3/h 制氧量的空分装置设计、采购、冷箱安装、技术服务的供货合同之后，2014 年又承接了山东墨龙、新疆国泰、乌兰煤炭集团、通辽金煤化工等单位的大空分装置项目。福斯达人的足迹已遍及煤炭、化工、冶金、石油、电子、环保等诸多行业。

福斯达敢与国际强手试比高，成为气体分离设备行业的佼佼者。通过互利合作，将国外的先进技术为我所用，借梯登高，这是杭州福斯达实业集团有限公司的又一成功之道。

2004年，福斯达开启了与美国克斯美达公司战略合作的序幕。克斯美达是一家做中小型空分设备的企业，其产品比较有特色，全液体设备和小型液化装置在空分行业独树一帜。这种设备具有销量半径大、安全性能好的优点，极具前瞻性。就福斯达自身而言，尽管在技术、工艺、产品定位等方面在国内处于领先地位，但与欧美先进水平相比，还有一大截子差距。在彼此合作中，福斯达求知若渴，汲取了老外的撬块化、标准化设计理念，还引进了全液体空分装置，将公司的"鸟枪换成了炮"。

时隔一年之后，福斯达又与荷兰莱诺克姆结成了合作伙伴。走这着棋显示出福斯达的远见卓识。因为在当时，用ASME标准制造一套空分设备对福斯达来说简直是天方夜谭。ASME是个全新的标准，其基本元素来自莱诺克姆公司。在合作过程中，来自荷兰的洋教头把福斯达的项目经理、管理层、一线员工召集到一起，向大家讲授了当时最先进的氧清洗技术、焊接技术、冷箱制造技术。按照欧洲标准实行精细化制造从此进入福斯达人的视野。

2006年至2009年，被福斯达称之为"林德三年"。每每回想起这段经历，总让福斯达人津津乐道。那是2006年秋高气爽的时节，素称空分鼻祖的德国林德公司踏上了到中国挑选合作伙伴之旅。这次"选秀"近乎苛刻，质量、技术、工艺等等一篮子考题几乎让中国企业晕头转向，许多老牌子企业，其中不乏国老大，没有一个被相中，而福斯达公司恰恰在这次"选秀"中脱颖而出。幸运之神落到福斯达头上，公司以此为契机，与林德公司频频过招，经受了一次先进技术的大洗礼，并很快结出了合作硕果。

知不足而奋进。福斯达在与世界一流企业的合作中，注重学以致用，善于借梯登高，不仅实现了管理理念的嬗变，而且在国内空分设备领域创造了多个第一：于 2008 年在国内首次利用球罐作为 LNG 储罐；于 2010 年首家采用国产 MR 离心压缩机的工艺包；于 2011 年首家采用变频电机拖动和调节的工艺包；于 2012 年首家采用汽轮机拖动冷机剂压缩机的工艺包；还率先在净化系统中采用导热油炉、单炉双温区共同形式；特别是单级双列活塞式氮气压缩机的成功应用，在当时的燃气行业、深冷行业"一石激起千层浪"，被列入国家首台套、国家火炬计划项目的表彰榜单。

福斯达扑下身子练内功，在顺应经济发展新常态中迈出新步伐。福斯达这颗在改革开放初期破土而出的"小草"如今已长成了枝繁叶茂的大树，制造并提供到市场的 450 多台套空分设备给千家万户带来了福音。然而，福斯达人并不满足于一得之功。

为顺应经济发展新常态，追求卓越的福斯达人制定了更长远的发展目标，并着力打了两张牌：一张是创新驱动牌；一张是与国际接轨牌。采访中，公司决策者向我们展示了一项项创新驱动的举措和一个个对外拓展的壮举。

根据发展需要而创建的福斯达新市生产基地，办公楼建筑面积 3100 平方米，生产车间建筑面积 13000 平方米，建有焊接操作中心、质量检测中心等配套设施，拥有 11 台行车，最大单台起吊能力为 50 吨，由于基地空间大、设施全，形成了年产 150 台套空分设备的生产能力，具备了 $50000 Nm^3/h$ 等级空分设备和 100 万方／天的 LNG 设备的制造能力。与此同时，位于余杭技术经济开发区占地 80 亩、功能更加完备、生产能力更高一层的公司总部大楼也已落成。人们从这里已经看到了一个在空分设备行业领军者的高大身影。

福斯达持续的创新能力和良好的市场信誉吸引了美国气体

巨头空气化工产品公司（APCI）的目光。几经周折，福斯达于 2009 年从 APCI 手里获得了一张为其提供一套 200 吨／天的全液体带氩空分装置的订单。这是 APCI 首次在国外采购设备。福斯达作为项目装置的工艺设备供应商，负责项目的工艺流程设计、工艺成套设备制造、货物运输、现场技术服务、装置测试等工作。在整个项目实施过程中，APCI 公司全程跟踪，设置了 AA 级氧清洗等一系列质量验收标准。面对挑战，福斯达变压力为动力，全体工作人员群策群力，攻坚克难，化解一道道难题，终于将设备一次性调试成功，项项指标获得满分，让世人再次见识到中国制造的力量。

尤其令人欣喜的是，福斯达公司的"软实力"已今非昔比。近几年，公司从西安交通大学、浙江大学、哈尔滨工业大学、华中科技大学等国内知名学府招收了一大批高学历人才，多名在空分领域颇有建树的资深专家也纷纷加盟到了福斯达公司，由此组成的技术研发队伍，已开发出 3 项液化天然气技术发明专利和多项实用专利，为福斯达创新发展提供了强有力的技术支撑，为"福斯达号高速列车"注入了取之不尽的原动力。

长风破浪会有时，直挂云帆济沧海。30 年，福斯达敢打敢拼，在希望的田野上掘得了一桶又一桶金，演绎了一幕又一幕传奇故事。面对经济发展新常态，福斯达沉着冷静，扬长避短，又迈出了扎实的步伐。我们为余杭经济技术开发区哺育的这匹黑马而自豪，她将永远奔腾在祖国的神州大地上。至尊至伟属于勤劳智慧的福斯达人。

历史像一架信手由缰奔驰的快马，一些手工行业早早被抛弃在历史的烟云里，与时代相生的称谓，比如"师傅"，也不再有了原来的内涵。

但在余杭经济开发区的医药企业里，"师傅"，这个称呼，永远都会带着人们从心底里流出的尊重。

寻找师傅

Looking for The Master

——余杭经济技术开发区生物医药企业发展纪实

山　哈

"人有三尊，君、父、师。"——《白虎通·封公侯》

从地图上看，杭州是一只美丽的蝴蝶，而东面的余杭区，则是那翅漂亮的左翅。余杭区是一个古老又年轻的城区。说他古老，皆因早在 6000 年前的马家浜文化时期，已经有先民在此生息繁衍了；后来，余杭之名，又多见春秋史籍，当时，余杭属于吴、越的领地，比邻富庶天下的杭州，小安偏居。说余杭年轻，则是它 2001 年方撤市设区，融入主城，成为杭州的一翼，现在看来，1993 年创设的余杭经济开发区可说是余杭发展的一个缩影，原本江南水乡的一片田野，如今有了成片的高楼大厦，有了花园式的厂房，有了笔直宽阔的东西大道。都说栽得梧桐树，引得金凤凰，我所走访的"三只"药业界的"金凤凰"，都是设区后良禽择木而居。

随着采访的深入，一个话题在脑海里跳了出来：寻找师傅。

自古以来，中国人对"师傅"和"师父"怀着深深的敬意，常言道："一日为师，终身为父"，老辈人眼里，"师傅"是一个尊称，而"师父"绝对是带着爱意的字眼。写一个企业，不能不写传承，不能不写师傅和徒弟的关系，正是师徒关系构成了企业的文化核心，这里既有技术层面的传承，更有人文方面的潜移默化。

如今，"师父"早已褪去了亲宗的印痕，传师授道者早已成为令人敬重的"师傅"。

小时候，我母亲常常会指着医师对我说：叫药师傅。

上篇：师傅王贵忠

每天清晨六点半，家住翠苑一区的王贵忠就早早起了床。58岁的老王麻利地收拾好家，轻轻带上门，大步赶往翠苑公交站台，风雨无阻，他要赶这趟七点钟始发的厂车。这辆和杭州马路上行驶的公交车外观一致的厂车，属于民生药业集团全城九部班车中的一辆，这九辆班车每天就像九条金鱼，从杭州城区的四面八方出发，在城市的车水马龙中游动，最后穿城而过，总能在八点前游到一个共同的目的地：余杭经济开发区民生药业集团。

上了车，王贵忠找到自己的位置，一年坐下来了，大家几乎认可了自己的座位。每天这个时候，是王师傅每天睡一小时回笼觉的美好时光。自从2014年初从市区的余杭塘路搬到余杭区后，王师傅已经适应了现在这样的日子，现在，他头一落靠背，眼睛就如拉上了帘子。

初冬的江南晨光明媚，光影经过楼群和树叶的过滤，斑斑驳驳落进车厢，落在王师傅闭上双眼的脸上，汽车走走停停，轻柔如摇篮一般晃动着，周围响起了起起伏伏的鼾声。

师傅王贵忠是1976年进的民生药厂。

1976年，不正是"文化大革命"结束的那年么？不正是"四人帮"被打倒的那年么？那年我正好20岁，高中毕业，当时街道通知我：民生药厂要招工了。民生药厂属于地方国营，当时叫杭州第一制药厂，那个时候的杭州伢儿都相信进工厂吃劳保。当时招工还要政审、考试，我这一批，有六十多个一起招进来的。

那时候，我住下城区，家四周丝绸厂比较多，天天路过这些厂区，总能听到里厢边机器咣当当，咣当当，很是羡慕。民生药厂离城区比较远，厂区四周当时还是农村，有田，有桑树，接到录取通知后，我报到前一天悄悄遛进厂区考察了一下。记得偌大的厂区静静的，空气中弥漫着淡淡的药水味，说不上好闻不好闻，厂区里走的人不多，偶尔遇到的，大多穿着大白褂，神情严肃，倒像是做药厂的样子，厂里的树都很高大，马路也很宽畅，环境干净清爽，心里一下就喜欢上了。

一进厂，我被分到大输液，分配到蒸气车间，面对的是数不清的500毫升大瓶，工作就是蒸气消毒、配料灌装。

从1976年到现在快退休了，我这辈子都在民生药厂，前前后后跟过五个师傅，当然，印象最深的还是第一个师傅沈秀清，她是我的第一个师傅，我是她的最后一个徒弟，带出我后，没半年，她就退休了。

那天，厂办领导把我送到调配车间，指着瘦瘦小小的沈秀清说：这是你的组长，也是你的师傅，以后你就跟她了。那时候的人关系挺简单的，就连拜师这样的大事也没啥花式，就这样，简简单单的开场白，我平生有了第一个师傅。

沈秀清是民生药厂的老人了，算起来她应该是公私合营那一拨职工。那时候，大输液车间没什么现代化的设备，就是几只不锈钢大桶，放进蒸馏水后，按处方比例添加原液，比如，加5%、10%的葡萄糖，这些全靠手工操作，经常是沈师傅看着我调配方，指出这里那里的关键点，做药的人来不得半点马虎，都可是人命关天的事。三个月后，她认为我可以上岗了，才放手。

沈师傅走的时候，厂里举行了老职工退休欢送会。那辰光，退休是件很光荣的事，好的单位要敲锣打鼓，送"光荣退休"镜框、送大红热水瓶、脸盆，离开厂时，胸口还要戴一朵大红花。

沈师傅走的时候，最后一次到车间来转了转，她拿了块抹布，东擦擦西擦擦，也不讲话，看得我们一帮徒弟心里酸酸的。

在大输液车间我做了两年，后来听说厂里要办制药中专班，凭着高中生的底子，我大了胆子报名，全厂 1000 多个人，最后有 17 个人经过文化考试合格，录取脱产读书。我读的是药剂学，这个中专班是自己厂里办的，当时厂里有个教育科，有自己的教师，外聘的也有。经过两年集中学习，专业知识提高不少，两年后，回到针剂车间，到了小针做实验，专门做新产品试制，老产品工艺改制。记得民生畅销很多年的门冬氨酸钾镁就是我们这些中专生做出来的，门冬氨酸钾镁是电解质平衡药，后来一直生产了二十多年，成为民生药厂的拳头产品。

想想老底子的厂，一千多人，开个运动会，搞个篮球比赛都热乎乎的，厂部还每半个月停工开一次全厂大会，开会的时候，礼堂里黑压压一片，书记厂长的声音通过喇叭宏亮有力。

其实，那时候物质生活并不富裕，刚进厂时，我领 15 元的工资，还有 2 元钱的米贴，印象最深的是年底评先进，上台领个脸盆，拿张奖状就开心得不得了。除了工资，平时也没啥福利，后来，在余杭办了个养鸡场，从那以后，逢年过节，一车车鸡拉来，你一只我一只，闹忙得像集市。别的厂职工看了都眼红：还是你们民生靠得牢。

你看，一眨眼，当年的青工王贵忠，已经快成为退休老头儿了，再过两年就六十了，民生经过几次改制，已经由国营企业改制成股份制企业了。像"我"，退休工资也由社保发，退休后同厂里的关系不再像原先国营厂那辰光密切了。

你问我，带过几个徒弟？说实在的真的数不过来，不过我想想，正正式式拜师认徒的有过五个。

2004年后，厂里每年都要举行"拜师带徒"仪式，每次开会的时候，也是风风光光的，大红会标墙上一挂，师傅和徒弟一对一签字画押。"拜师带徒"年年搞，十年下来，有288对师傅徒弟结了对子，我因为徒弟带得好，又超过三次以上，被评为内部培训师。

我手里有一张"杭州民生药业集团有限公司2008年第五批'拜师带徒'考核表"。考核表师傅栏里填着"王贵忠"，徒弟栏里填着"黄双英"，有一段专家评语是这样说的："此次拜师带徒的目标是徒弟掌握小容量针剂产品的配制、过滤、手灌封，封口等技能，以便于对各种产品进行生产前小试，判断分析小试方案可行性及结果。师徒间有良好的互动，师傅身兼组长工作繁忙，但仍能细心教导，徒弟也能虚心学习，推陈出新，基本达到了预定的拜师带徒效果。"

我没有采访到黄双英，听说她已经离开民生了，但她是这样评价王师傅的："2008年度的拜师带徒活动已近一年。2008年对于师傅王贵忠来说是很繁忙的一年。调配小组牌缺员状态，身为调配分析组的组长，不仅要管理好整个小组，很多工作都要他亲力亲为。这么繁忙的情况下他还是抽出了时间来教我小试技能。

通过一年的学习，经过师徒双方的共同努力，我已熟练地掌握了小容量注射剂的配制、过滤和手工灌封、封口等技能。同时，对小试的目的、方案和结果能做出分析和判断。基本达到了拜师带徒协议中所规定的要求，使自己的专业技能水平又上了一个台阶，应用所学知识，相信在我今后的工作中会起到一定的作用。

徒弟黄双英，2009年3月11日。"

在第五届"拜师带徒"结束的时候，王贵忠又一次拿到了"合格奖"："……一年来，王贵忠等20名同志，积极履行'拜师带徒'

签约的师傅职责，悉心传授，徒弟认真学习，师徒双方在教学中，知识、技能等都有了长足的进步，为提高企业各项工作的质量奠定了基础。经考核，全部合格。根据'拜师带徒'约定，给予王贵忠等20位师傅，每人720元奖励，给予徒弟适当的物质奖励……"

2014年4月，民生药业集团工会在综合楼大会议室举行了第十一批"拜师带徒"签约仪式，又有26对员工签订合约结拜为师徒，同时，第十批21对师徒受到了表彰奖励。

民生药业党委副书记，工会主席王自强在仪式上说：2014年是民生"十二五"发展战略的第二年，也是民生"二次创业"的关键之年，通过这项"拜师带徒"活动，既是提高员工素质和劳动技能的一种载体，又是培养造就爱岗敬业和专研的员工队伍，促进公司的不断发展。王副书记要求师傅发扬传、帮、带作用，徒弟要虚心地把师傅的宝贵经验学到手，成为公司发展的重要人才。

在民生药业集团，传统的师徒关系被赋予了新的形式，新的内容，在这家现代化的著名制药企业，"拜师带徒"作为传统文化的血脉得已保留延续、开花结果，那种植根人心的师徒关系没有因为市场经济而凋谢，没有因为现代化而疏远，人际关系因为师徒的存在而多了一份温情，因为师徒的存在而多了一份责任与担当，多了一份尊敬和关怀。

中篇：祖师傅周师洛

1977年2月，当民生药厂新员工王贵忠喜气洋洋开始规划自己人生的时候，远在宁波的乡村，有一个80岁的老人悄无声息溘然长逝，老人的去世在周围并没有引来多少的关注，尤其是他的身世，更不被别人所知晓，直到 1984 年，当这位老人沉冤昭雪时，人们忽然才想起，哦，原来那个清瘦的周师傅，是一生吃苦无数，赫赫有名的民生药厂创始人周师洛。

如今，走进民生药业集团公司，第一眼看到的，便是这位老人。

我去的时候，周师洛便坐在那里，穿着西装，大耳大脑门，脸颊清瘦，目光炯炯，不拘言笑。这座半身雕像的底座上，一段介绍非常简单：周师洛，1897 年生于浙江诸暨，1977 年病逝于浙江宁波。1926 年 6 月，周师洛等 7 人筹资创办了杭州民生药厂的前身——同春药房。百年身后事，评说任由人，站在周师洛跟前，我想越是简单的背后越不简单。

我对周师洛感兴趣的倒不是因为他是民生药厂的创始人，我最感兴趣的是：在 20 世纪初，当西药被东洋人、德国人、美利坚人瓜分的中国，是什么原因成就了民生药厂的前身——同春药房？

民国的时候，民族医药工业相当落后，只有杭州的"民生"与上海的"海普"、"新亚"、"信谊"，号称我国"四大药厂"。正是这四家药厂，支撑了整个中国的民族西药工业，若按创办时间顺序，民生制药位居第二位；但民生一开始就生产制剂和针剂，是名副其实的西药厂，应该是国内第一家西药企业。

现在，我手里握着一份泛黄的珍贵资料，这份行楷印刷的 33 页资料的作者不是别人，正是周师洛，从这份《经营民生药厂 26 年回忆录》内容及行文上看，应该是"文革"期间撰写的，因为许多细节许多内容都带着自我否定，自我批判的内容，但从资料的打印，行楷打印字体上推测，这份资料应该出自 20 世纪八十年代。

这份回忆录，为我们勾画出一幅近代一家民族医药工业的创业史。让我们随着周师洛的目光，回到那个动荡不安的岁月吧。

恍惚中，我看见一个老人，坐在低瓦度昏暗的白炽灯下，正一笔一划认真地按照组织的要求"回忆"自己和"民生"走过的非凡道路：

我出生于浙江省诸暨县吾家坞山村，世代业农，父亲10岁、母亲12岁时祖父母都已死亡，父母就寄养于堂祖父继康家凡十年，受尽艰苦，几濒死亡，十年后始成家。我于1897年（光绪23年）出生，6岁时，大哥进取清朝末科秀才在家办私塾，我7岁上学于大哥处，1912年毕业于翊忠高小，1915年毕业于诸暨县立中学。那时要求父亲把我培养到大学或专科毕业，决不再向家中要一文钱。二哥要我进师范或法政，他的目的因家中常遭地主恶霸的欺侮，倘我进师范或法政后可以交一些官僚豪绅，家中可以免受别人欺侮。我不同意他的意见，因师范毕业只能做个教员，法政毕业只能做个律师，还不如学医药和工业，可以自力更生发展生产。遂于1917年考入浙江公立医药专门学校药科，1919年与连瑞琦等参加过五四运动，至1920年夏毕业。毕业后与同学汤伯熊、姚典、冯继芳等到诸暨开设诸暨病院，我负责药局，至1922年因族侄周恩溥医专毕业后，留日回国，开设同春医院，邀我去主持药局，我就到杭州同春医院，7月向浙江公立医药专门学校成立附设诊察所，由老师周冠三介绍担任该所药局调剂员。1923年春杭州第一师范发生中毒案，街头巷尾传说纷纭，谓系狐仙作祟，我未信之，去该校视察，情况非常严重，系头天晚膳中毒，全校六七百人，几无幸免，当即建议校长何炳松，把饭进行化验，结果证实为砒霜中毒。即用砒石解毒急救，因毒太重，定量结果，每碗内砒霜含量达到致死量的六至七倍，虽经急救，而死者竟达二十八人。事后确认，砒霜系该校会计贪污事发，怀恨下毒。

从回忆录上看，当年杭州第一师范中毒案对周师洛走上制药道路起着点化的作用，没有好药化解，只能眼睁睁看着二十八人死于非难。

后来，周师洛经朋友介绍，进入杭州中英药房担任药师，除配方外，同时试制针药，供应医师和部队的需要，所用设备因陋就简，没有煤气灯，安瓿封口就用酒精灯装上吹管和二连球送气，试制成功后，周师洛建议老板扩大生产，屡遭拒绝，萌生了辞职自办药厂的念头。

一个穷孩子要办药厂几无可能，好在周师洛有几个铁哥们。1926 年 6 月，周师洛和当年药科同学范文蔚、沈仲谋、周思溥、冯继芳、陈树周、田曼称等七人决定筹资一万银元，创办"同春药房股份有限公司"，囊中羞涩的周师洛回老家向大哥借田二亩六分，抵押得现款 250 元，再向股东韩士芳借得 250 元入股。因股东大多是医药界和医专同学，所以业务发展迅速，起家时主要贩卖国外的医药原料和化学药品，同时开始制造针药和各种成药丸散膏丹等，以民生制造厂化学药品部名义出售。获得资金后逐渐转向制造，以国货抵制外货，满足国内需要。

1927 年，一笔军队的采购大单给民生制药提供了发展机遇。那年，国共合作后，北伐军来到浙江，由白崇禧为东路前敌总指挥的部队先到杭州，他的军医处长李镜湖是医专同学，就向同春药房采购卫生材料 3 万元。

周师洛冒险接下了这一大单，派人转道宁波、上海采购，货到款清在医药圈内树立了良好口碑。后来，上海的中英、五洲、华美、中西、中法、万国、科发、济华堂等药企都纷纷委托同春医房代销，代销的好处就是销售款项可以有三四个月的沉淀期，资金一活，民生的生产有了资本，慢慢有了自己的厂房，有了自己的品牌。

从同春到民生，周师洛是怎么想的？

民生药业集团公司总部的一楼有一个企业展览厅，里面收藏着一些民生药厂珍贵的史料，其中就有一份当年《民生医药》的创刊词，这份 16 开的铅印杂志，不但有医学论文，还有新闻报道、散文随笔，文章大多出于民生员工，那些套红广告，现在看来，都很前卫很有艺术感。

周师洛在发刊词中写道："民生"为三民主义之一，意义的重大，事实的需要，先总理"三民主义"一书中，早已昭示我们了：

"医药"直接关系到每个人生命，常言道，好死不如恶活，没有剧烈的刺激，谁也不愿自寻死路。可是英雄只怕病来磨，于此而需求救济，便不得不乞灵于医药。

"东亚病夫"是我们中华民族最不名誉的一个绰号。医药的不深求，不进取，影响于民生极大，这个绰号，便成了世袭似的，而永远无法卸除。

是的，事实告诉我们，天灾人祸，民不聊生，医药学术，沦落人后，民穷财尽，更无力于求医药，有心人都兴着其亡之叹，然而处于惊涛骇浪之中，岂是一叹可了的么？必也人尽其职，分工合作，奋斗中前进，殊途而同归，"医药""民生"也许获最后的成功！

……

这篇激情澎湃的发刊词阐发了周师洛关注民生，医药救国的思想，但他怎么也没想到，医药救国的道路竟是如此的曲折艰辛。

1926 年 6 月，民生药厂初创时期经历了军阀战乱幸存；1928 年 2 月，一万七现大洋上海采购药物时被盗，几乎置民生于死地；1933 年沪淞大战爆发，局势动荡，民生又一次面临经济危机；1937 年 12 月，杭州沦陷，为了避免日伪政权的控制和利用，周师洛响应省政府令，把民生药厂分批撤出杭州，转辗于苏浙皖闽赣五省，八年抗战经历了无数磨难，直到抗战胜利回迁。

1949 年，民族大义、气节在周师洛身上再一次闪光，当时，国军溃败逃台，董事长罗霞天极力主张把厂迁往台湾，周师洛严词拒绝。由于他的反对，"民生"得以在大陆幸存。

解放以后，民生药厂和大多数旧社会过来的企业一样，经历了"公私合营"、"社会主义改造"成为地方国营工厂。周师洛的人生也因为"三反五反"于 1952 年坠入谷底，蒙冤 32 年，那是后话。

后来的民生药厂，假如周师洛还能活着见证，一定会开心释怀。1985 年，他一手创办的民生药厂，经历了无数风雨后，又从杭州第一制药厂更名为民生药厂，那些日子，举国上下，谁人不知"21金维他"？一家心系"民生"的企业，以赤诚之心，把抗肿瘤类药、抗心血管病类药、治疗肝病用药、大输液等源源不断交给急需的患者手里。

2013 年 12 月 16 日，临平大道 36 号的民生新厂彩旗飘扬，鞭炮齐鸣。这座总体投资 7 亿多，占地 11.4 万平方米，建筑面积12 万平方米的新厂，严格执行了国家新版 GMP 要求，建立了现代化的各类针剂、输液、片剂、胶囊等制剂和眼药外用药等生产厂房及其他各辅助设施，设计产能比老厂区提升两至三倍，设计年产值近 20 亿元。

董事长竺福江站在新厂房的土地上对员工们挥臂感言：功崇惟志，业广惟勤。民生人要将搬迁新址作为一个新的历史起点，面对新机遇与挑战，坚守"发展企业，贡献社会，造福员工"的宗旨，坚守尽心尽力尽责的精神，把企业做好做强。继续发扬坚韧不拔、勇于创新的精神，努力实现民生人的"三个梦想"，为人类的健康事业和地方经济做出新的贡献。

历史常常和我们开一些不大不小的玩笑，比如民生药厂，这家流淌着中国企业家实业兴国，西药中兴梦想的药企，以创设股份制企业走入市场，在岁月更替中经历了公私合营、地方国营、厂长负责制等等体制改革后，最后又回归到原点，成为一家现代股份制企业。当然，如今的民生药业，不再是周师洛他们私人股份，如今的民生，更多寄托了民生人再次创业，走出国门的理想。

离开民生的时候，我又站在周师洛面前默默对视，西下的阳光正透过巨大的玻璃门温暖地洒在他的身上，有了阳光，周师洛的嘴角仿佛多了一丝笑意。

我想，如果在民生药业，想找一位"最老的师傅"聊聊，那便一定是他了，周师洛，一位有着民族工业振兴梦想的中国药师傅。

中篇II：台湾师傅王昭日

世上的药，传说都是"神农鞭草"而得。

中药服务华夏数千年至今仍深得国人信赖，只是在现代制药面前，"神农鞭草"早已过时，中药西制，摆脱陶罐煎取的束缚也早已成现实，提炼、粹取中药主要药用成分，便是现代"神农"们的工作。

在台湾独资的杏辉天力药业公司，我意外发现了一味传奇的中药，同时也结识了台湾师傅王昭日。

说起这味药的独特，是因为这味药是江湖上传说得很神奇的壮阳神药，也有一种说法它是"沙漠人参"：管花肉苁蓉。

说起肉苁蓉，还有一个传说，相传，金明昌元年（1190年），成吉思汗的结拜兄弟扎木合因嫉妒其强大，联合其他部落进攻成吉思汗。双方大战，成吉思汗失利，被围困于一片长满梭梭林的山上，饥渴难忍，筋疲力尽。扎木合当众残忍地将俘虏分70口大锅煮杀，这一举动激怒了天神，天神派出神马，跃到成吉思汗面前，仰天长啸，将精血射至梭梭树根上，然后用蹄子创出像神马生殖器一样的植物根块。成吉思汗与将士们吃了根块，神力涌现，冲下沙山，一举击溃了扎木合部落，统一了蒙古，开创了成吉思汗征服欧洲大陆的新时代。

在大陆拓疆十多年的杏辉天力总经理游能盈先生是个白面书

生，说起肉苁蓉，他更是如数家珍：肉苁蓉只寄生于在沙漠的梭梭林根系上。杏辉天力或许是第一家在大陆从事肉苁蓉制药的厂，早在 2002 年，我们就在新疆于田县创办了"和田天力沙生药物开发有限责任公司"，现在有 500 亩科研基地和 5.7 万亩 GAP 生产基地。

但从管花肉苁蓉中提取有效成分却不是件简单的事。

在远离新疆万里之遥的杭州，杏辉天力药业集团有着体量巨大的厂房，那些方方正正的巨大"盒子"被掩藏在高大、修剪得精精神神的柏树后面，在这里，我没有听到机器轰鸣的声音，也没看到工厂惯有的高矗烟囱，当然，也没看到肉苁蓉如何从植物成为齑粉的过程，因为工厂有着极严格的防菌要求，不便参观。

其实，我内心更好奇台资企业的经营模式，师傅又是怎么带徒弟的。

王昭日博士就坐在我跟前，他是台湾来的师傅，是杭州杏辉天力研究所的所长，奔五的人，长得白净，壮实，显然，因为是初次见面，有点局促。

我们公司也有师傅带徒弟啊，只是说法不一样，台湾人叫技传，而且有一套严格的制度规定。

在杭州杏辉天力最核心的部门要数我们这个研究所了，全所 25 人，三个博士，两个是本地的。

我到大陆才一年，原来在台湾总部做研发，总部搞研发的人比较多，有一百多人。我的课题主要就是中草药这一块。杏辉天力是一家跨国公司，除台湾总部外，加拿大有一家，大陆有杭州和新疆和田各一家。

说到技传，我们大多是老师和学生一对多，每个学生也是同仁，他们专长不一样，个性也不一样，必须用实际行动去帮带。医药研发和传统技能不一样的地方是：科技上的东西更适合以老师带学生的方式传授。在杏辉，我建立了一套技术标准、体系，遇到问题，不是先告诉他怎么做，而是首先是让他去查找资料，自己讨论寻求解决的方式，比如在植物有效成分提取上，我会先要求功效做一个报告，提取做一个报告，专利可行性再做一个报告，在完成报告评估后，请同仁往下做，做得时候就开始做分工了，提取的专门做提取，分析的专门做分析。

王昭明是三个孩子的父亲，也是台湾医学界的资深博士，但从他身上却看不到丝毫权威的傲气，用新员工黄佳慧的话说来，他更像一个大哥哥。

这位"大哥哥"讨人喜欢的一面是总能和"80后"玩到一处，附近的黄山、塘栖、周庄、西湖景区都留下了他们的足迹，特别是当课题遇到瓶颈时，王昭明会带着他的团队出去"放松放松"，那次，ST02项目又卡住了脖子，大伙想尽了办法，提纯度依然达不到生产所需要的标准。第二天是双休，王昭明建议去不远的上海金山"放松放松"。

和往常一样，大家聚在一处喝茶、聊天，忽然，不知谁高高举起茶杯说：假如把温度提高10℃、20℃，再改进一下过滤回流的办法，ST02会不会提高提纯度呢？大伙一听兴奋不已，你一言我一语，"放松"活动又成了效外学术研讨会，于是急急结束了"放松"赶回实验室。

果然，这一实验取得了令人满意的效果，连师傅王昭明都直拍脑袋：我怎么就没想到呢，我怎么就没想到呢！

杏辉天力研究所里，大多数是"70后"、"80后"，这些独生子女出生的员工身上，有着与他们父辈不一样的独立性，少数人还缺少团队精神。一次，王昭明从台湾回来，除了带回来台湾特产外，还带了一包书名叫《执行力》的书，这是一本在台湾企业很有影响的书，他觉得企业目前最缺的就是执行力。他像发台湾特产一样把《执行力》发到每位中层干部手上，又按照全书九个章节，让他们任选一个章节，做一次读书分享报告，同时，他让员工投票打分，评分高的，奖励购书券一张。这件事，前后花了九个礼拜，最后得到的却是：大家都爱看书了，企业执行力文化也无形中得到了加强。

走进现代化的杏辉天力，依然能感受到浓浓的儒家文化细节，比如高大门楼的两侧，置放着一人多高的花瓶，喻意着"进出平安"，而门厅里，最显眼处还供着一尊观音像，观音前电子蜡烛长明着，因为不是特别的日子，香炉里剩着燃尽了的香尾巴，三只酒杯是空的，这些，总让人联想到这些摆弄高科技设备的人，心里存续的对神灵的敬畏。

我对总经理打趣说：您的名字很好啊，姓游，名能盈，就是说走到哪里都能赢啊，大伙听得哄堂大笑。

杭州杏辉天力就是游总全程跟进落地的项目，杏辉与杭州结缘前，已经南到广州，北到北京进行了广泛的考察，希望能在大陆建厂发展，也是机缘，1999年台湾大地震的时候，他们收到一份特殊的问候，原来，先前他们在考察杭州时，与老余杭一家叫天力的医药企业有过接触，没想到，当台湾遭灾时，天力老总专门发来邮件表示慰问。

隔年西博会的时候，游能盈和总经理受邀来到杭州，有点时间就一起去老余杭拜访天力，应了那句无心插柳柳成荫的老话，聊着聊着，仅一个星期，双方就谈妥了杏辉出资1700万收购天力的方案。这家由国企转制而陷入困境的企业，迎来了新东家，游能盈对一百多位员工说，新厂房在余杭新区建成后，有职工宿舍，我们热烈欢迎老员工过来，结果，天力80%老员工都穿过整个杭州城市跟了过来。

"杏辉"是"心灵光辉"的别称，早在1977年台湾起家的时候，杏辉人便在企业文化高地确立了两个字：诚与静，诚以待人，处事以静。

游能盈说，在杏辉，企业文化最重要的底色，就是最最简单的三句话："请，谢谢，对不起。"简单的礼貌用语正是构建人与人之间和谐关系的基础。这家只有 163 名员工的企业，2014 年的产值达到 1.1 亿元。

杭州是个宜居的城市，从 2010 年开始，每年 11 月都要举办国际马拉松赛，这已成为国内最重要的马拉松赛事之一。

自从杭州有了马拉松赛事以来，杏辉天力总会第一时间报名参加，他们把参赛当作一年一度的企业文化来经营。

2013 年 11 月 3 日，西子湖畔拉起了警戒线，人们在道路两侧为奋力奔跑的参赛者加油，前头跑得快的，有人已经穿过湖滨步行街跑到了南山路了，跑得慢的，还落尾巴掉在北山路一带。

师傅王昭明穿着短衫短裤，跑在杏辉天力队的最前头，他不时回头，大声喊着：保持节奏，调整呼吸，不要抢快，慢一点，坚持就是胜利。

这一天，杭州的天格外蓝，碧空如洗，阳光温暖，秋天的金黄把素颜西湖装点得色彩斑斓。

采访结束的时候，王昭明笑着说：马拉松最考验人的毅志力，只要还能跑，杏辉人永远都不会放弃奔跑的机会。

下篇：法国师傅卫平和他的员工们

印象中法兰西是一个浪漫多情的民族，但法国杂志 *Esprit* 编辑 Paul Thibaud 自豪说："我们有多么视自由和平等为权利，也多么有义务以博爱去尊重他人。"

医者仁心，制药的人也应该有一颗博爱的心。

在走进杭州赛诺菲民生的时候，我被大门前一座黑色的大理石纪念碑所吸引,这座纪念碑上用金字镌刻着中法英三种文字:"深切缅怀赛诺菲亚洲区高级副总裁卫平(1968-2011)。"

长得小巧优雅的代萍萍总监告诉我:赛诺菲在中国有北京、杭州、南昌、唐山和深圳五家生产基地,五家基地的大门前,无一例都安放着这块统一制作的纪念碑。

卫平是谁?卫平怎么啦?

在代萍萍眼里,卫平(Thomas Kelly)是个地地道道的中国通,他能说一口流利的中文,更不容易的是他的骨子里,早已经融入了中国文化,从1993年入职西安杨森,到后来的诺和诺德,再从先灵葆雅到赛诺菲-安万特,卫平深耕中国药业几十年,从药企市场拓展一直做到中国区赛诺菲副总裁。

卫平在中国高速拓疆扩土,他领衔赛诺菲后,每一天都在中国的天空上飞翔。卫平坚信中国代表着未来,中国的发展只有一个方向,那就是前进,前进,更好的医疗服务,更好的药品会带给富裕后的中国人带去最重要的东西:健康。

拼命三郎法国人卫平把整个中国市场拓展计划细化到具体的几百个城市,如果不是因为太过劳累英年早逝,他所领导的赛诺菲会如他的梦想,让法国和中国的医药交流日益紧密。

从1982年进入中国市场来,赛诺菲这家在全球有员工11万,业务遍及全球100个国家,40个国家112个生产厂家的跨国医药企业,仅2012年度净销售额达349亿欧元。

一直坚持"超高超快增长"发展思路的赛诺菲,在中国大肆招兵买马,并购企业、建立工厂。2010年,赛诺菲与杭州民生药业组建了合资公司,核心资产包括民生药业的拳头产品"21金维他"。接着,又在2011年以5.206亿美元收购了药品生产商兼分销商太阳石集团,并借此拥有了国内最大的小儿感冒咳嗽药品牌"好娃娃",同时也拥有了太阳石集团在感冒咳嗽和女性健康领域的强大平台。

这两项交易使赛诺菲获得了渴望已久的品牌和渠道。2012 年，赛诺菲在华销售额超过 10 亿欧元，成为中国第三大处方药物公司和第一大跨国疫苗公司。

被赛诺菲 CEO 魏巴赫称为"赛诺菲的核心市场"的中国，正在逐渐成长成为这家法国医药企业可靠而巨大的盈利支柱。

2011 年 11 月 3 日，在山东忙于收购太阳石的赛诺菲中国副总裁因心脏病不幸谢世。

这位法国师傅的离去，并没有影响赛诺菲在中国的布局脚步，截止 2012 年底，中国拥有 7000 名员工。在上海建立了研发中心和亚太研发中心，北京、成都配备了研发团队，具备了从药物靶点发现到后期临床研究的整体研发队伍。

如今，我还能在互联网上读到卫平在中国各地与政府官员面见，商谈的新闻，还能看到他和媒体互动的镜头，可惜，那位充满活力的法国人现在只活在赛诺菲人的记忆里。

与浪漫主义不同的是，在赛诺菲民生，我只看到两个字：严谨。

总监代萍萍的办公室墙上，我被密密麻麻的中英文提示所吸引，那块后来才知叫做 QC 管理看板的黑板上，标注着赛诺菲民生的生产计划，存在问题，各项进度。可以说企业各条线汇聚的所有问题、目标管理都集中在这里，可以说，总监办更像是一场战役的指挥中心，而代萍萍墙上的 QC 板，无疑是作战地图了。

这是我在其他药企所不见的，如果你以为这只是总监才有的 QC 板，那就错了，在后来的走访中，从科室到最基层的操作间，墙上无处不有 QC 看板，法国企业文化中的严谨，在这里被发挥到了极致。

赛诺菲民生药业和民生药业好比一对模范夫妻，早在 1995 年，赛诺菲安万特就曾牵手民生制药有限公司，到了 2010 年，民生药业以拳头产品"21金维他"作为嫁妆，按4∶6比例共同成立了"赛诺菲民生"合资公司，现如今，民生药业和赛诺菲民生共伴共生，却因为文化基因的不同，形成了两种不同的企业文化。

和"21金维他"一起嫁到法资控股"赛诺菲民生"的，还有当时几十位民生药业的"老人"。

我叫孙华强，1957年出生，全家二代都是民生药厂职工，我父亲今年84岁了，叫孙寿炎，解放前就在民生制药厂工作，说起来还是民生的中层干部。我是1977年进入民生药厂的，实际上，1974年就算民生药厂的人了，为啥呢？因为当年城市青年都要上山下乡，为了不让子女到边疆吃苦，也算是规避政策吧，民生药厂和富阳万市那边一个公社签订了协议，租了一块土地，搞厂社挂勾，把我们十个民生职工的子女下放到万市接受贫下中农再教育。

"文化大革命"结束后，我就作为知青回到了民生药厂，眨眼就是一辈子，两年前，我从赛诺菲民生退休了，退休后又返聘回赛诺菲工作，你问我为啥愿意返聘？其实想聘我的杭州药厂很多，有的开的条件也很高，但我还是愿意每天来来去去坐二三个钟头到赛诺菲来做，为啥？一是我对赛诺菲有感情，二是赛诺菲能给我除了钞票以外的东西，比如尊严。

我这一辈子跟过两个师傅，一个是李海龙，现在还在民生药厂做采购物流经理，另外一个是张志良。在民生药厂跟师傅还是老传统，多少带着点师徒感情，而在法国企业里，一切都是有量化标准的，那一道工序怎么做，程序怎么样，标准怎么样都非常具体，上岗前都会集中培训，每个岗位墙上也都有QC板，细化到每个人都清楚自己做什么，怎么做。可以这样说，只要识字，只要严格按标准化程序操作就不会出错。

在赛诺菲我也当过师傅，但我们这一辈人文化不高，外语也看不懂，主要是讲具体操作的经验，一般都是集体上课，赛诺菲这点让我很佩服，他们有个分级制度，每个办公、工厂区域都是用指纹开门的，你没有这个区域的权限，就进不了这个区块，同样，每个区块的员工只要做好做精本职工作就可以了，不需要额外学习更多的生产技能。讲得通俗一点，赛诺菲民生好比一架精密的机器，每个员工就是机器上固定的一个零件，只有每个零件良好，才能保证机器优质高效运转。

"70后"韩献伟是浙江金华人，大学毕业后，他一直在杭州的几家外资企业负责设备动力部门的工作，来到赛诺菲民生后，他分管着偌大一个生产基地的设备管理。说起赛诺菲，他认为赛诺菲全球就像一个大家庭，你在这里生活，工作，成长，只要努力，你是有空间的，印度赛诺菲一个小伙交流到杭州工作了一年，回去担任了更好的职位，而我，也因为赛诺菲，有了一个法国女儿。

原来，赛诺菲集团有个全球为期两周的暑期子女交换项目，这个交换项目规则是：只要是赛诺菲员工，子女年龄在12至18周岁，都可以通过官网报名，登录孩子年龄，性别和选择交换的国家。交换周期为两周。

2013年3月，韩献伟给孩子在官网报了名，两周后集团负责交换项目的主管Annie发邮件给他，提供法国赛诺菲一位愿意来中国参加暑期项目的孩子的信息，通过邮件沟通，双方父母达成了交换意向。

韩献伟后来的法国"女儿"叫Ellisa，12周岁。7月6日Ellisa乘飞机来到中国，到中国父母家后，Ellisa对一切非常好奇，吃惯了西餐的她对中国菜更是赞不绝口。

中国"爸爸"带着Ellisa游遍了西湖、运河，还带她去博物馆了解中国灿烂的历史文化。

游完杭州不算，中国"好爸爸"还特意安排两个孩子到北京旅游，把故宫、长城看了个遍，两周后，Ellisa要分别了，韩献伟为Ellisa一家人精挑细选了丝绸、茶叶、工艺伞等纪念品，登机的时候，Ellisa 紧紧抱住韩献伟，流着泪恋恋不舍。

八月的时候，韩献伟也把女儿送上了去往法国的飞机，在法国，法国"父母"也领着她游览了世界最浪漫的都市，女儿在电话里大声说：爸爸，我登上埃菲尔铁塔了，我还看到凯旋门，好高好大啊，我还去了卢浮宫，里面的油画真漂亮。爸爸，法国的天好蓝好蓝啊，河水也特别特别清。Ellisa 一家人还带我去吃了法国奶酪，吃了法国大餐，爸爸，我好幸福啊……

电话这头，韩献伟听着听着都醉了，两个 12 岁的孩子，在她们最纯真的年代，种下了两颗美好而快乐的友谊种子。而这一切，都受益于赛诺菲全球大家庭。

结束语

——词语解释：师傅，对有专门技艺的工匠的尊称。

这是一个人人都可以成为师傅的时代，这也是一个师傅口语化的时代，假如在菜场，假如在马路上，假如有人大声在你背后喊你一声"师傅"的时候，千万别激动，这时候，师傅，只是代表了一个随意的称呼符号。

历史像一驾信手由缰奔驰的快马，载着我们飞快地前行，一些手工行业早早被我们抛弃在历史的烟云里，而与那些时代相生的称谓，比如先生，比如小姐，比如师傅，已经不再具有原来的内涵。

但在工厂里，在企业里，师傅，这个称呼，永远都会带着他们从心底里流出的尊重。

那是真的师傅。

励精图治铸品质，孜孜不倦创品牌。

铺入南极中山考察站、人民大会堂、奥（亚）运会比赛场馆……

诺贝尔树起家装市场高端典范一线品牌。

杭州诺贝尔集团

诺贝尔的精品之路

The Road of Nobel's Boutique

——诺贝尔集团发展创新纪实

吴妙丽

　　没有比诺贝尔集团掌门人骆水根更低调的了：据说，他素来不接受媒体采访。他有句实在话，老百姓的好口碑就是诺贝尔的形象。果然，笔者几次要求面对面交流，总被婉言谢绝，而是把各个分管高层推上前台。

　　论到诺贝尔集团在业内的成绩，却同其名称一样高调得可以：截至 2014 年，该企业已连续 12 年上榜"全国民营企业 500 强"。其生产的"诺贝尔"牌磁砖单一品牌销售额和单一品牌市场占有率连续 11 年位居全国同行前列；上缴国家税收自 2005 年以来已连续 9 年位居全国同行第一。

　　就在 2014 年年底召开的全国性行业大会上，诺贝尔集团揽得三项大奖，荣获中国建筑卫生陶瓷业最高荣誉"突出贡献企业奖"、"2014 年中国建陶行业知名品牌企业"以及"中国第七批建陶行业诚信 AAA 级企业"，同时还获得国家工信部相关部门的"质量突出贡献奖""创新产品奖"两项重磅大奖。

　　荣誉伴随着不断扩大的品牌和市场影响力，这些年来，诺贝尔磁砖已铺入南极考察中山站、人民大会堂、中央军委等部委大楼、奥（亚）运会比赛场馆、上海世博会场馆、杭州地铁站等众多重要项目中，更在家装市场上树起高端典范的一线品牌形象。

　　一个 1992 年成立、以石英砖、耐磨砖为主打产品，年产能 200 万平方米的余杭小厂到今天年产超过 5000 万平方米多品类中高档瓷砖的百亿强企，诺贝尔走过了怎样一条不平凡之路？

上篇：片片精品　面面俱到

　　徜徉在位于余杭开发区的诺贝尔集团总部大楼的产品展示中心，你会感慨，瓷砖也可以如此柔润而质感，诺贝尔确实走在了时尚的前沿。从最普通的抛光砖、典雅的仿古砖到时尚的皮纹砖、自然主义的木纹砖，结合不同的空间运用，诠释着独到的生活美学。

　　看，那木纹石瓷砖，撷取了天然石酣畅细腻的纹理和通透如玉的质感，完美融合了木纹的清新自然和石材的高端时尚；那地毯系列瓷砖，设计灵感来自于天然材质编织的家居地毯，运用意大利先进的数码喷墨印刷技术，在立体砖面上逼真印刷高级地毯图案，纹理舒缓有致；那亚马逊石玻化砖，纹理是多么流畅灵动、层次分明、过渡自然的质感，营造出都市充满动感的个性气息……

　　回想起在公司大楼、厂区、车间，处处可见厂训"片片精品，面面俱到"。不禁好奇，这样的精品是如何出炉的？又是怎样的精品撑起一个行业第一？

　　尽管笔者始终未见着这家企业的掌门人，但上至分管营销、研发、生产的各个老总，下至各个车间的一线工人，无不执着于一个词：产品！无不在强调一句话：做精品！

　　是啊，产品才是企业立足之本。把产品做精，才是企业强大之道！

　　印象中，瓷砖是泥土与火焰的烧成品。然而走进生产公司杭州诺贝尔陶瓷有限公司偌大的车间，笔者却没有看到想象中的熊熊火炉、飞舞的烟灰，原来，土与火的古老艺术早已融进一条条现代化生产线和现代装饰建材的构想与设计。

空气中、地面上仍不可避免地夹杂着瓷砖厂固有的尘灰——这似乎预示着诺贝尔也同样面临瓷砖行业近些年所遇到的越来越严峻的环保挑战，不过据了解，诺贝尔在节能减排方面已经做到行业领先。

这显然离不开其投入巨大的技术设备和先进的生产线。在这里，笔者看到，一条条从意大利引进的中高档磁砖窑炉生产线，一台台从西班牙引进的数码喷墨印花设备，入料—球磨—喷粉—成型—烘干—施釉—印刷—干燥—烧成—磨边—包装，整个生产过程60%实现了自动化、机械化。

陶瓷专业毕业的李德发是临平生产公司的老总，说起瓷砖来如数家珍。他向笔者科普道：瓷砖按功能可化分为地砖、墙砖及腰线砖等，而按工艺又分为釉面砖、通体砖、抛光砖、玻化砖、马赛克。如今，诺贝尔旗下拥有诺贝尔和塞尚·印象两大主要品牌，拥有微晶玻璃陶瓷复合砖、陶质釉面墙地砖、瓷质釉面墙地砖、完全玻化抛光砖、欧式复古砖、亚光砖及各种装饰配件。

"要保证精品，必须走专业之道！"说起自家的产品，李德发充满自信："我们的优势就在于品牌、原材料、细节处理、性能这些方面，比如平整度的控制、花色色差的控制、抛光砖防污性能的控制等等。"

李德发介绍，专业之道首先是专业的原料之道：高品质来自好的原料。为此，诺贝尔从配方设定到原料采购，都以近乎挑剔的筛选态度精选国内外各地的优质原材料，并经过多道工序的检验把关，配以上等的色釉料，使用安全环保的燃料，保证诺贝尔磁砖"片片精品、面面俱到"。

其次是专业的技术之道：依托专业生产、环保设备，根据市场的实际需要进行技术改造，达到设备与创新的最佳贴合度，保证产品质量和生产效益。

此外还有专业的瓷砖工艺流程、专业的工艺之道、专业的品管之道。步步相扣，使得诺贝尔磁砖在断裂模数、吸水率、直角度等标准均严于国标。

诺贝尔一个生产公司的品保科有 80 多个人，品检员的权力超过了车间主任。他们跟着工人三班倒，每个当班的品检员管两条生产线，对生产的全过程进行随时抽检，每条生产线有 20 多个检验项目，包括尺寸、表面质量、色差、平整度等。此外，上长白班的品检员还要第二次把关，再次确认有无漏检。

在生产车间的理化性能实验室里，笔者看到，当班品检员刚送来抽查的一块瓷砖，上面分别涂有蓝墨水、机油、酱油、茶水、油漆、红酒、水泥，师傅说这是检验其防污性能，分别以 1 小时、4 小时、6 小时不等查看能否擦干净，最长的要放 3 天 72 小时；这块瓷砖还要分别放在酸液和碱水桶里进行耐酸碱性能测试，然后在冬季 160℃、夏季 190℃的温度下进行抗龟裂测试。

科长邵银美向笔者介绍，尺寸、平整度都由先进的仪器进行先期自动检测，再过肉眼关，这些本身就有硬标准的检验还好把握，最难判断也是争议最大的是一些隐性的缺陷，比如色差。这时，品检员的任务就是把自己放在客户的角度，凭着对产品开发理念和效果的把握，凭着长期在一线积累的经验，来对细微的色差进行判断是否合格。那可是一言九鼎，不合格就得回炉重新生产。

"对我们来说，品质放在第一位，生产次之，这是没办法的。"邵银美说。而工人、车间主任们，最担心的就是拿到品保部的"罚单"了，这些"罚单"包括返工单、异常跟踪单、生产计划异常单等等。

设身处地现场体验了一番诺贝尔人对产品品质的层层把关后，笔者深深体会到，精品不是广告轰炸出来的，也不是自己喊出来的，是靠一种精益求精的精神、是靠专业技术、设备、管理、人才，实实在在做出来的！

中篇：技术创新 不遗余力

其实在过去的一年，诺贝尔走得不轻松。整个行业产能过剩，陶瓷企业面临的节能减排压力依旧沉重，市场及房地产较低迷，能源和原材料上涨、运输成本不断增加，同行业竞争加剧。

诺贝尔常务副总裁沈建法告诉笔者，现在全公司的重心都集中在抓产品上。"我们不能跟着打价格战，走低价路线，那是死路一条。"

沈建法说，作为一直走中高档品牌路线的企业，处于华东这样一个地理位置，环保要求高，各项成本也相对高，打价格战不适合诺贝尔，唯有通过技术创新，不断地上新品来带动销售；唯有加强技术创新，提高产品的附加值来不断强化品牌，占领市场。

笔者了解到，目前诺贝尔的生产任务排到 2015 年 1 月 20 日，届时生产线将全部停工，全厂进入新品研发测试上线、工艺改造阶段。到 5 月份，整个公司的新品率要达到 50%。

23 年的发展历史证明，不断地创新，正是诺贝尔在激烈的市场竞争中站稳脚跟，从小到大、由弱变强，最后成为行业引领者的法宝。

区区一块瓷砖，其背后却有一个超过 500 人、拥有 13 个高级专家和博士的高素质研发团队，有一个博士后科研工作站，有一个省级材料研究院，有一个建筑陶瓷砖生产企业唯一的国家认定企业技术中心强力支撑，这是诺贝尔的非凡之处。

说到诺贝尔集团对技术创新的重视，总工程师余爱民用了 8 个字：不遗余力、不惜一切。

舍得大投入，抢占制高点。公司 2000 年就成立了企业技术中心，除余杭总部外，在三大生产公司都设有研发分部。公司每年投入研发资金超过销售收入的 3%；每年新产品开发数超过 300 个，新产品销售收入占销售收入总额 70% 左右。仅 2014 年，科研投入经费为 2.48 亿元。

笔者专门参观了诺贝尔集团的技术中心，这里拥有 3500 平方米的独立试验场地，配备有国际先进水平的试验、检测、计量仪器和设备，为陶瓷基础材料、设计技术、制成工艺等三大领域的研究提供了先进的设备保障。

公司还与世界顶级厂商、设计公司、高校院所进行广泛合作，对行业关健技术进行联合攻关，不断创新开发瓷砖新产品。截止目前，公司累计开展研发项目 300 余项，其中列入国家重点新产品试制计划 2 项、省级计划项目 33 项。拥有专利逾 500 项，其中发明专利 34 项。主持和参与制定了 5 项国家标准和 10 项行业标准。

近两年，"薄型瓷质砖及其制造技术的研究与开发"荣获中国建筑材料科学技术奖，主要技术性能指标达到国际先进水平；"陶瓷生产过程中废料的资源化利用技术"荣获浙江省优秀工业新产品新技术奖一等奖；"釉下彩饰复合砖"荣获杭州市优秀工业新产品新技术奖一等奖等。

说到技术创新给诺贝尔集团发展带来的巨大经济效应，余爱民最有发言权了。

作为我国瓷质砖领域的权威，余爱民曾在好几家大型陶瓷厂家任工程师或总工程师。2000 年初，余爱民加盟诺贝尔。当时公司整体技术力量薄弱，特别是抛光砖领域几乎是零基础。余爱民临危受命担任公司总工程师及技术中心主任，从头抓起瓷砖领域的基础研究、新品研发及技术中心的建设。

余爱民是那种特别执着、专注的人，尤其注重对细节的处理。出现问题时，做数据分析、理出方案、试验改进、再试验，直到成功后总结经验教训，每一个环节他都仔细认真地处理，好似在精雕一件价格不菲的工艺品。正是他的这份专注与细心，多个引领行业技术进步的新技术、新产品陆续诞生于诺贝尔集团。

其中尤以无锆镁质高白瓷质砖最为突出。2001 年，超白瓷质砖在市场大流行。为了迎合市场上"越白越好"的消费观念，厂家们纷纷在产品中加入具有一定的放射性的增白原料硅酸锆，导致辐射指数不达标，与此同时硅酸锆价格暴涨甚至断货。余爱民2002 年开始组织研制一种无锆的高白瓷质砖，攻关两年多，实现了瓷质砖领域的重大技术突破和创新，填补了国内空白，先后荣获"中国建筑材料科学技术奖"二等奖、浙江省科学技术奖二等奖。这项技术 2004 年 9 月投产以来，其系列产品已累计实现销售收入突破 100 亿元。

像无锆镁质高白瓷质砖这样具有发明专利、对整个行业有颠覆性影响的重磅炸弹，诺贝尔还有：2009 年开始攻关研发的薄型瓷质砖已进入 2012 年建材行业重点推荐新技术新产品目录，被列入 2013 年国家级重点新产品试制计划，已进入行业推广目录；最近将推出的拥有两项发明专利的喷墨渗花瓷质砖，又将给行业带来全新的品类。

不仅如此，诺贝尔同时还储备着一批"深水炸弹"：已在负离子陶瓷砖、抗菌陶瓷砖、发光陶瓷等新型功能陶瓷上的开发研究上取得进展，争取明后年有突破并及早实现产业化；利用代表未来节能方向的干法制粉技术制作了砂岩陶瓷制品，已申请国家发明专利……

面对如影随行的节能减排压力，诺贝尔也努力通过科技创新来破解：2010 年国家出台《陶瓷工业污染物排放标准》后，诺贝尔公司先后投入 1.5 亿余元用于环保设施建设，使这项工作走在行业最前列。

最近，他们又与浙大网新合作，投入巨资在临平生产公司对原有环保设备进行提升改造，应用前沿技术，采用干法、湿法相结合，集除尘、脱硫、脱氟为一体的环保治理工程，得到国家环保部有关专家和国家建陶协会的肯定。

据了解，国家环保标准已在国家建陶协会和诺贝尔企业等行业代表企业的不懈努力下，进行了一次修改，更符合实际，将更加有利于陶企的发展。

中篇II：精心维护 铸造品牌

"我们的产品要与'诺贝尔'这样的称谓相匹配。'诺贝尔'要么不做，要做就做最好的，我们专心致志做磁砖，要使诺贝尔磁砖成为中国磁砖行业的第一品牌。"这是掌门人骆水根的原话，也是企业的奋斗目标。

对于品牌，诺贝尔集团多年来精心维护。公司注册的"NABEL"英文标识商标在 2011 年正式被国家工商行政管理总局（商标局）认定为"中国驰名商标"。"NABEL（标志）"品牌推出伊始，公司就制定了一套 VI 企业品牌形象识别系统，从标志运用、产品包装、产品样本到户外广告都有整套宣传规范，给消费者以统一、规范的品牌形象。

公司负责品牌推广的人士告诉笔者，"NABEL（标志）"的品牌涵义是：绿色，代表清新的、自然的、健康的、和平的、祥和的、环保的、新潮的。其所倡导的消费观念是：健康、优质、时尚生活。其品牌的核心价值，为"创享生活之美"。2013 年 5 月起，诺贝尔更将品牌定位进一步清晰化：高端磁砖典范。

诺贝尔人对精品的执着，还体现在对品牌内涵的不断探索和延伸。

公司研发副总裁钟树铭来自台湾，进入陶瓷行业已25年。他亲身体会到瓷砖从普通建材到装饰性材料的变身。1999年加盟诺贝尔后，他从零开始带出一个50多人的设计团队。这样的设计团队规模在业内绝无仅有。如今，诺贝尔产品的花样设计近8成是自主开发，每年要申请两三百个外观专利。

这些日子，和其他老总一样，为了新产品研发，钟树铭也忙得不可开交。从产品定位、寻找素材、设计确认，到打样、反复修改、上线试制、中试、生产，到最后产品的组合设计、空间设计、展示施工，钟树铭带领团队每年要拿出四五百个新花样。

钟树铭告诉笔者，现在设计团队的核心任务主要是围绕陶瓷砖功能化、节能减排和提升陶瓷砖艺术文化方面的探索，建立新的工艺技术方案，兼顾瓷砖的实用性，把建筑陶瓷当作时装一样进行风格设计和产品包装，使其成为具有文化内涵的艺术品，从而提高产品的附加值。

"如今的瓷砖设计走向多样化、个性化，更加贴近个人的环境要求。瓷砖一定能为人们更好地服务，让人们的生活更美好。"在钟树铭看来，这里面还有无穷大的空间。

在今天的市场，设计的力量能有多大？钟树铭举例道，为什么意大利瓷砖能成为全球顶级瓷砖的代表并享誉世界？其品牌的最大优势就在于瓷砖产品的设计和工艺处理上。意大利的瓷砖设计是以艺术的眼光来进行创作，并以一丝不苟的态度来制作美轮美奂的瓷砖精品。无论是从色彩、形态以及质感上，都给人细节精致、款式新颖的感受，为人们带来一种温馨自在的生活感觉。

目前国内在瓷砖设计上偏重于满足人的功能需求和审美需求，而国际上先进的设计理念，已经发展到更重视瓷砖和自然环境的互动融合，更讲究建筑物和环境搭配，更关注瓷砖取材、生产过程、产品功能是否环保。

"这些差距，正是诺贝尔努力的方向，未来发展空间所在。"钟树铭说。

设计，无疑将让诺贝尔品牌抵达新的高度。

下篇：精品之路 新的腾飞

励精图治铸品质、孜孜不倦创品牌。

这是诺贝尔 23 年的写照。

在诺贝尔，一个从 20 世纪 90 年代创业初期就提出的"1.001 精神"让笔者印象格外深刻。

"1"代表每个人的本职工作，"0.001"代表差异，无数个 1.001 相乘（寓意每天进步一点点），会得到一个无穷大的值。

这独具特色的"1.001 精神"，淋漓尽致地挥洒在诺贝尔的精品之路上！

对诺贝尔来说，2013 年是意义非凡、至关重要的一年。这一年，诺贝尔集团总部从闲林工业区搬迁到余杭经济开发区，旨在调整集团区位，整合优势资源，在新的土地上谋求更好的企业发展空间。

迁址，是为见证新的跨越。入驻余杭经济开发区是诺贝尔新的起点，在这里，诺贝尔开启新的征程。

通过整合资源，诺贝尔由原先的 5 个生产公司整合为 3 个，分别处于杭州临平、湖州德清和江西九江。营销网络覆盖全国，共有销售分公司 56 个，专卖店 1400 余家。

管理扁平化，注重终端把控，是诺贝尔的一大特色。据了解，与众多厂家实行经销代理制不同，诺贝尔所有的销售分公司、专卖店全部由集团直营，这样可以更好地维护品牌形象的统一。

2014 年，公建类项目数量减少和装修标准降低，以及房地产市场低迷，使整个建陶行业市场需求出现较大的萎缩，建陶生产能力显现严重过剩。在同行业激烈的竞争中，诺贝尔也积极应变，加快产品更新上市，推出"移动工厂行"大型促销活动抢占市场份额。

"未来一两年将是一个拐点，市场将会有一次大的洗牌。"诺贝尔常务副总裁沈建法分析，2015 年受宏观经济及建陶行业环境的影响仍将延续，整个建陶市场的需求仍难有明显提升，竞争对手日趋品牌化、细分化、专业化，竞争将更为激烈。

品牌战略将仍是诺贝尔的重要策略。笔者了解到，目前其旗下的品牌，"诺贝尔"比较高端、大众化；"塞尚·印象"标榜欧式的复古经典；"优客"贴近年轻消费族群，性价比较高；2015 年将隆重推出的是正在注册中的新品牌"汉为"，这是意大利语 HABITARE 转化而来，中文意思为"栖息地带"，新品牌将更具人文关怀、走更国际化的时尚之路。

沈建法告诉笔者，新品牌启动后，计划三年内开放 200 家专卖店，销售争创 6 亿元。

市场竞争，决战终端。今天的消费者不管是否消费企业的产品也要评头论足，消费者不再处于被动，他们希望能随时与企业对话，并且不相信权威，更相信直觉和口碑，这预示着产销合一的时代已经到来。

在继续致力于国内第一品牌的建设的同时，诺贝尔也意识到了这个时代"O2O 模式"的不可抵挡！ 2014 年，诺贝尔开始试水网络销售，"优客"品牌也应运而生。网络平台的搭建虽然目前仍处于最初的尝试阶段，但是其直接面对消费者，厂家得到的反馈不再只是通过经销商，而是获取更加全面真实的市场反馈，为经营思路的转变带来更多的灵感。

　　在诺贝尔的"十三五"发展蓝图上，骆水根给企业勾勒了四个方向：扎根余杭，向"总部经济"发展，做强九江和德清基地，扩大外协生产；向"创新型"发展，重点技术创新和产品品种质量提升；向"环保型"发展，节能降耗，与环境友好；向"机械化、自动化"发展，大力实施技术改造。

　　放眼未来，我们可以期待，在余杭经济技术开发区，一个中国建陶航母级企业正冉冉升起！

后记

后　记
Postscript

　　那次，当我们带着"浙江记忆"重要选题——《梦里富春》的书稿，走出杭州超山创作基地，那迷蒙的江南雨丝，滋润着远山小桥流水人家，滋润着岸边桃红柳绿乡愁。出乎我们意料的，这里竟是发生在国家级余杭经济技术开发区一幕，而那些现代化工厂或特色产业又都跑到哪儿去了？

　　惊叹之余，我们叩问"余杭开发区的底气，是从哪里来的？"原来这里，有着五千年的良渚文化，有着二千年的运河文化，有着一千年的南宋文化，开发区经过二十多年熏陶与发展，正以产业经济的繁荣吸引人气，以高水平的城市建设留住人心，走出了一条既符合区域经济社会发展一般规律，又符合本地实际的产城融合之路。

　　如今几十平方公里的余杭开发区，早已不是传统意义上的单纯工业园区，正按照统筹二三产业、统筹城乡建设、统筹区域发展、统筹经济社会、统筹人与自然的理念进行建设，实现"包容性增长"和"共享式发展"的复合开发区或综合经济区。

　　就在我们争论着，中国到底应该建立一个什么样的生态文明开发区时余杭开发区已经率先启动，尊重自然、顺应自然、保护自然、集聚发展、转型发展、超越发展。这才使得我们满目，都是天之蓝，地之绿，山之青，水之净，俨然是美丽中国的一个缩影。

正如浙江省委书记夏宝龙所说的："浙江民营经济发展实践使我们深刻体会到，文化作为经济背后的力量，无时无刻不在影响着一个地区的发展历程，而其中，浙商文化在发展中起到了不可替代的精神作用。"

同时，他又十分肯定地告诉我们，"浙江历来崇尚通商惠工，义利并存的文化。在文化力量的支撑下，塑造了特别能吃苦，特别能创业，特别能创新的浙商品格，成为浙江经济发展的原动力。"

是呵，中国的经济已经到了需要文化力来推动的时代，浙商的发展已经到了需要文化来补充新的能量的时刻。就在这个节骨眼儿上，余杭区委常委兼开发区书记陈金生，开发区主任沈世杰提出了"我们必须主动应对文化经济时代的到来"！

所以，为了以文学见证余杭开发区经济发展，讲好一个开发区中的浙商故事，浙江省作协报告文学创委会组织作家到开发区——开展了"深入生活、扎根人民"主题实践活动，全书全景式反映开发区中的浙商们，在实体经济的坚守、在跨境电商的创新、在全球国际的接轨以及浙商特色文化的细节与气质等等。

可以肯定，以文学反映开发区发展，从来都不是一件容易的事情。这里我们首先要感谢由浙江省作协报告文学创委会、余杭经济技术开发区管委会的主办，由杭州当代视觉文化传播有限公司的承办，还有由浙江大学出版社、中国经贸杂志社的出版工作。

感谢省作协副主席、人民日报社浙江分社副社长袁亚平到浙江春风动力股份有限公司进行采访，省作协报告文学创委会副主任、浙江日报高级编辑冯颖平到杭州老板实业有限公司进行采访，省作协报告文学创委会委员、仙居文联主席朱岳峦对贝达药业股份有限公司进行采访，省经信委中小企业局处长赵仁春对杭州西奥电梯有限公司进行采访，浙江日报主任记者吴妙丽到杭州诺贝尔集团有限公司进行采访。

感谢省作协报告文学创委会委员、中国湿地博物馆馆长陈博君到有关外资企业：杭州东华链条集团有限公司、旺旺集团（杭州）总厂、巴布科克日立（杭州）环保设备有限公司、杭州西子石川岛停车设备有限公司、欧文斯科宁复合材料（中国）有限公司、浙江华鼎集团有限公司进行采访。

感谢省作协报告文学创委会委员钟一林对有关医药企业：杭州民生药业有限公司、杭州赛诺菲民生健康药业有限公司、杏辉天力（杭州）药业有限公司进行采访。

感谢省经信委中小企业局处长春潮对有关制造企业：浙江铁流离合器股份有限公司、杭州福斯达实业集团有限公司、永亨控股集团有限公司、浙江双林塑料机械有限公司进行采访。

还要感谢省作协党组成员、秘书长王益军，省作协创联部负责人孙明龙，在落实本书创作方案时亲临会场，与作家们共同谋划；为了给作家创作提供方便，余杭经济技术开发区管委会办公室有关同志多次与相关企业进行协调；中国经贸杂志社浙江站站长郑宁海、杭州当代视觉文化传播有限公司任剑、杨婷婷承担了作家创作前期收集资料、后勤保障等工作。

本来这本书计划还要围绕科技创新写一个章节，由于时间紧、人手少，未能及时安排采访，在这里我们要向杭州南都电池有限公司、杭州兴源过滤科技股份有限公司、杭州长江汽车有限公司、电子商务园等表示歉意。

就在本书交付出版之际，我们又接到国家发改委来函，要求协助韩国副总理兼企划财政部长官崔炅焕一行到余杭访问考察。

崔先生来中国，是与国家发改委负责人共同主持召开第13次中韩经济部长会议，而在抵京前，他算是忙里偷闲，来余杭主要是商议与企业合作事宜。我们提出让省市领导出面接待，韩方婉言谢绝，这也让我们见到了异国他乡领导人求真务实的作风。

这回，我们又一次走进余杭，这才知道现代产业与现代城市、现代乡村，在开发区中一样可以相互融合，相得益彰，共同前行。显然，这在当下中国开发区建设中，这样一种充盈着生态文明的乐章，绿色经济的美丽，可持续发展的景象，真的唤醒了我们无限的美好与向往。

难道在余杭这里，也真的有一个我们的光荣与梦想！

何国宝

2015 年 3 月 9 日于杭州超山创作基地

图书在版编目（CIP）数据

浙商新常态：国家级余杭经济技术开发区发展纪实／
张国云主编 . — 杭州：浙江大学出版社，2015.5
ISBN 978-7-308-14614-2

Ⅰ . ①浙… Ⅱ . ①张… Ⅲ . ①报告文学－中国－当代
Ⅳ . ① I25

中国版本图书馆 CIP 数据核字（2015）第 078169 号

浙商新常态：国家级余杭经济技术开发区发展纪实

张国云　主编

责任编辑　葛　娟
封面设计　陈　珉
出版发行　浙江大学出版社
　　　　　（杭州市天目山路 148 号　邮政编码 310007）
　　　　　（网址：http://www.zjupress.com）
印　　刷　杭州日报报业集团盛元印务有限公司
开　　本　710mm × 1000mm　1/16
印　　张　12.25
字　　数　158 千
版 印 次　2015 年 5 月第 1 版　　2015 年 5 月第 1 次印刷
书　　号　ISBN 978-7-308-14614-2
定　　价　36.00 元

版权所有　违者必究　　印装差错　负责调换
浙江大学出版社发行部联系方式：0571-88925591；http://zjdxcbs.tmall.com